조금은
달라도
충분히
행복하게

대책 없이 시골로 간 패션에디터의 좌충우돌 정착기

조금은
달라도
충분히
행복하게

김자혜 지음

알에이치코리아

여기에 행복이 있냐고
묻지 마세요

《엘르》코리아의 제안을 받고 2주에 한 편씩 쓰기 시작한 에세이. 그 온라인 연재가 1년 반 넘게 이어졌다. 가벼운 마음으로 일기처럼 써온 글을 엮어 책으로 내려니 부끄러운 마음이 먼저다. 책을 내는 것은 기쁜 동시에 두려운 일이었다. 이 책이 누군가에게 영향을 끼치게 될까 봐. '나도 저들처럼'이라고 꿈꾸게 만들까 봐 두려웠다. 시골이 대안이라고, 이곳에 행복이 있다고 믿게 될까 봐. 지금 나의 생각들이 단지 지금의 것일지도 모른다는 걱정도 있었다. 이 생활을 언제까지 이어갈 수 있을지 모르고, 또 언젠가 전혀 다른 모습으로 살게 될 수도 있는데, 이 글이

훗날 거짓처럼 느껴질 것만 같았다. 그런 마음이 들 때 편집자가 말했다. 조금 가벼운 마음으로, 당신의 한 시절 이야기를 엮는다고 생각해보라고.

산뜻한 글을 쓰고 싶었다. 가뿐한데 어딘가 따뜻한 글, 시간이 조금 흐른 뒤에도 여전히 아름다울 수 있는 글. 내게 그런 능력이 있는지 고민할 시간에 한 줄의 글을 쓰자, 일단 써보자, 써보면 알게 되겠지 하는 마음으로 썼다. 전문 글쟁이가 아니니 부족할 것이다.

'인세로 부자 되자'로 시작된 야무진 꿈은 '2쇄를 찍자'를 지나 '적어도 쓰레기는 만들지 말자'로 바뀌었다. 목표는 자꾸만 달라지고 마음은 널뛰었지만 조금씩 쓰다 보면 언젠간 완성될 거라는 마음으로 즐겁게 썼다.

이것은 귀촌 성공담도, 농촌 생활을 장려하는 글도 아니다. 2년 동안의 시골 여행기 정도로 여기면 좋겠다. 낯선 곳에서 새로운 삶을 꾸려본 이들의 체험담이라고 해도 좋겠다. 언제든지 지금의 자신으로부터 빠져나와 신선하게 무언가를 시작해볼 수 있다는 사실, 그것이 전달되어 어떤 형태로든 용기를 줄 수 있다면 기쁠 것이다.

2018년 3월
김자혜

PART 1   허물다

우리는
시골집을
샀다

　　사람들이 묻는다. 대체 왜냐고. 서울 지인들은 왜 도시를 떠나느냐 묻고, 시골 어르신들은 뭐 먹고 살려고 여기 왔느냐 묻는다. 긴 사연을 들을 준비가 되었다는 듯 눈을 반짝이는 그들. 중요한 결정일수록 큰 계기가 필요하다고 여기는 듯하다. 하긴 300킬로미터를 달려 연고도 없는 시골로 떠나왔을 때엔 파산이나 이별, 질병 등 어떤 드라마틱한 사연이 있는 편이 오히려 자연스럽다(실제로 어떤 분은 내게 큰 병에 걸렸느냐고 묻기도 했다). 하지만 때로 인생을 뒤흔드는 결정을 하고 난 뒤 우리는 깨닫곤 한다. 그 결정을 이끈 것은 재고 따진 결과가 아닌, 우연 혹은 본능이었음을. 무슨 얘기를 이리 길게 시작하냐고? 우리 부부가 각자의 직장을 때려치우고 서울을 떠나 시골로 내려오게 된 얘기다.

대학을 졸업하고 패션에디터라는 하나의 직업만을 가진 채 30대 중반이 된 나와는 달리 남편은 유학 생활과 다양한 직장에서의 경험 때문인지 변화에 대한 두려움이 비교적 적었다. 그는 끊임없이 의문을 가졌고, 단순한 문장으로 내게 '잽'을 날리곤 했다. "우리는 삶의 형태를 선택할 수 있어." "꼭 서울에서 살아야 할까?" "이것이 과연 우리가 원하는 삶일까?"

정년이 보장된 탄탄한 회사에 다니던 당시의 남편은 어느 날 정년을 앞둔 OB들을 보며 '나 역시 저렇게 늙어 서울에 아파트 한 채 갖게 되는 것인가'라는 생각을 했다고 한다. 결국 창의적인 생각 따위는 할 줄 모르는 중늙은이가 되어 죽을 날을 기다리게 되는 것인가 하는 생각에 섬뜩해졌다고도 한다. 10년 동안 하나의 직업을 갖고 나름대로 충실하게 살아가던 나는 그즈음 열정이 시들어 다음 단계를 고민하던 차였다. 이토록 일에 몰두하다가 나이가 들어 직업을 잃고 나면 우리 둘 다 빈껍데기만 남게 되는 건 아닌가 두려워졌다. 우리는 늙어서도 할 수 있는 일, 즉 직장이 아닌 직업을 찾고 싶었다. 무엇보다 덜 일하고, 덜 벌고, 필요한 만큼만 소유하고, 적게 소비하는 삶을 원했다. 뭐랄까, 한 번쯤 인생의 판을 통째로 엎어보고 싶었달까. 남편과 내가 서로에게 던지던 사소한 질문들이 하나둘 모여 마침내 우리의 오랜 습관과 단조로운 생활 그리고 출퇴근이라는 견고한 성을 무너뜨렸다.

　　사회생활 10년. 이쯤에서 변화를 가져봐도 좋겠다는 생각이 들었다. '단순하게 생각하자. 흘러가듯 떠다니다 보면 어딘가에 이르게 되겠지.' 회사를 그만둔 우리는 살 곳을 찾아 떠났다. 충청도에서 시작된 여정은 밑으로 밑으로, 마침내 땅끝 마을까지 이어졌다. 지방에 연고가 없으니 그 어디라도 상관없었다. 수많은 집과 마을과 땅을 구경하며 길에서 시간을 보냈다. 이 집은 이래서 싫고, 저 집은 저래서 싫었다. 주유비를 전국 국도에 뿌리고 다니는 동안 수개월이 흘렀다. 내 이름이 빠진 전 직장의 잡지가 여러 권 발행됐고 〈어웨이 위 고Away we go〉의 주인공들이 떠올랐다. 정착할 곳을 찾아 길을 떠나 이리저리 다니다가 여러 차례 상처받고 실망한 여자 주인공 베로나. 그녀가 남자 주인공 버트에게 묻는다.

　　"우리 망한 거야?Are we fuck-ups?"

우리 또한 아무래도 망한 것 같다며 절망할 즈음, 우리의 집을 만났다. 지리산 자락을 병풍처럼 등 뒤에 두른, 마당에는 소박한 야생화가 피어 있는 아름다운 집을!(잠시 눈물 좀 훔치고…) 지난여름, 보름 동안 지리산 둘레길을 걸을 때 지나며 감탄했던 하동. 그곳의 산자락과 섬진강에 마음을 빼앗겼던 기억이 되살아났다. 그리고 이 소박하고 아름다운 집의 마당에 들어서자마자 한눈에 알아봤다. 우리가 찾던 바로 그 집이라는 것을. 동네 어르신들은 다 허물어가는 그딴(!) 집을 대체 왜 사냐며 의아해했지만, 우리는 개의치 않고 말했다. 계약하겠노라고. 왜냐고? 글쎄. 그때의 심정을 굳이 설명하라면 다시 영화 속 대사를 빌려 말할 수밖에. 영화 〈우리는 동물원을 샀다〉의 대사다.

"Why Not?"

우리의
집을
찾아서

'귀촌 Q & A' 코너를 만든다면, 그 코너의 맨 윗자리를 차지할 질문이 뭘까 생각해보았다. "어떻게 이 집을 찾으셨어요?" 아마 이 질문이 될 것이다. 특히 우리 집에 한 번이라도 와본 사람이라면 더 궁금해할 만한 내용(실제로 이 질문을 가장 많이 받는다). "정말 이곳에 집이 있을까? 의문이 들더라도 계속 그 길을 따라오세요. 갑자기 집이 나타날 거예요." 우리 집을 찾는 손님에게 우리가 자주 하는 말이다. 우리 집은 악양면 어느 작은 마을의 꽤 높은 곳에 자리 잡고 있다. 앞뒤, 옆 모두 집들로 둘러싸여 있지만 마루에 앉으면 시야가 뚫려 지리산이 훤히 보이는 묘한 집. 이 집을 찾아내기까지의 과정을 말하자면 좀 길다.

처음 우리가 택한 방법은 인터넷 서치였다. 여러 부동산의 매물을 확인하고 스크랩하며 시세를 파악했다. 당시에는 서울에서 너무 멀지 않은 충청도 부근에서 집을 찾고 있었기 때문에 스크랩북이 어느 정도 완성되면 주말마다 내려가서 여러 부동산과 미팅하고 하루 종일 돌아다니며 매물을 확인했다. 마음에 드는 집이 없어 수십 개의 집을 둘러보는 사이, 부동산 사장님들의 친절했던 모습은 '이 젊은이들이 정말 집을 구할 생각이 있는 걸까?' 의심하는 모습으로 변해갔다. 가격이 맞는 곳은 맘에 안 들고 맘에 드는 곳은 비쌌던 것이 아니다. 신기하게도 맘에 드는 집이 단 하나도 없었다.

어쩔 수 없이 지역의 범위를 좀 넓혀보기로 했다. 문득 지리산이 생각났다. 지리산 둘레길을 걸을 때 보았던 지리산권의 작고 아름다운 마을들. 그런데 문제는 대체 집을 어떻게 구해야 할지 전혀 모른다는 점이었다. 충청도권만 해도 세컨드 하우스를 구하려는 이들이 많고 거래가 활발하기 때문에 부동산에서 매물을 온라인에 업로드하는 경우가 많지만, 시골의 부동산 거래란 대개 알음알음으로 찾는 식이다. 결국 사람을 만나고 발품을 팔

아야 하는데 거리가 너무 멀었다. 시간은 없고, 애가 탔다.

그러던 중, 제주에 사는 지인으로부터 매우 강력한 힌트가 될 만한 말을 듣게 됐다. "지역신문을 살펴봐. 우리 동네에 세 들어 살던 지인이 제주오일장 신문에서 집을 찾았는데 시세보다 저렴하고 상태도 정말 좋았대." 시골의 집주인들이나 부동산 사장님들이 컴퓨터를 다루는 데 서툴다 보니 여전히 지역신문이 널리 활용된다는 것이었다. 또 하나. 부동산에서 자신의 홈페이지에 매물 정보를 업로드한다 해도, 유료 서비스를 이용하지 않는 이상 검색 결과에 노출될 확률이 매우 낮다. 그렇다고 전국 곳곳을 돌아다니며 생활정보신문을 주워올 수는 없는 일이다. 고마운 건 생활정보신문 중 인터넷에 '신문 그대로 보기' 서비스를 하는 회사가 있다는 것이다. 하루 이틀 지난 지역별 신문을 스캔해서 PDF 파일로 업로드해준다.

딱 한 줄의 글이었다. 하동군 악양면 00리 대지 00평, 집 00평, 00000원. 글 끝에 붙어 있던 전화번호로 전화를 걸어 통화를 하고 다음 날 아침 길을 나섰다. 서울서 하동까지 세 시간 사십 분. 면사무소 앞에서 동네 아저씨를 만나, 그를 따라 집까지 갔다. 아저씨는 한마디 남기고 다시 밭으로 가셨다. "사지 마~. 이런 집을 왜 사려고 해? 그냥 땅 사서 새로 지어~. 요즘엔 조립

식 건물도 잘 나와!" 부동산 사장님이 밭일로 바빠 매물이 있는 동네에 사는 아저씨에게 부탁을 했고, 그가 솔직한 말을 내뱉은 것이다. 동네 사람들은 그 돈을 주고 그 집을 사다니 미쳤다고 하고, 서울 사람들은 싸도 너무 싸다고 할 만한 가격의 집. 지어진 지 70년을 훌쩍 넘긴 낡은 집.

우리는 그 집을 샀다.

시골집을
고치겠다고?

집을 구했으니 이제 사람을 구할 차례다. 많은 이들이 그러하듯, 우리도 '지인 찬스'에 마음이 끌렸다. 가장 먼저 떠오른 사람은 도면 그리는 일을 업으로 삼아 서울에서 살다가 몇 년 전 제주로 이민한 'K'였다. K는 우리의 이야기를 듣더니 선뜻 설계와 공사 감리를 맡아주겠노라 했다. 비용에 관해 협의하고 현장에서 대략의 논의를 마친 뒤, 나는 원하는 집의 이미지 맵을 만들었다. K는 집을 실측한 뒤 도면을 그렸다. 그리고 함께 시공업체를 찾아 나섰다.

1번 후보는 면사무소 근처에 위치한 작은 건축소 사장님. 현장에서 만나 한참 미팅을 한 뒤 집으로 돌아간 그는 연락이 없었다. 어렵게 연결된 통화에서 퉁명스러운 거절의 말을 들었다. 그리고 그 통화는 길고 긴 거절 릴레이의 시작이었다.

　　지역 시공업체 대표들을 수소문해 여럿 만났지만 '흙집의 틀을 살려야 한다'는 우리의 대전제는 쉽게 받아들여지지 않았다. 기술자들의 논리는 단순했다. 오래된 흙집을 싹 밀어버리고 새로 짓는 게 낫다는 것. 낡은 집을 고치는 일은 티도 안 나고 힘이 드는 데다 하자의 위험이 커서 하고 싶지 않다는 것이었다. 우리의 욕심이 과했던 걸까.

　　하지만 이 집을 처음 만났을 때를 떠올려보면 도저히 그 기본 전제를 무너뜨릴 수 없었다. 툇마루에 가만히 앉으면 느껴지는 수십 년 세월을 견딘 나무의 질감. 눈앞에 펼쳐진 풍광만큼이나 마음을 사로잡는 공간의 따스함. 지리산의 매서운 바람에 맞서 수십 번의 계절을 꼿꼿하게 버틴 기둥들. 나는 그걸 도저히 버릴 수 없었다.

　　"우리가 도보여행 중에 만났던 신축 한옥들을 떠올려 봐. 아무리 큰돈을 들여 아름답게 집을 짓는다 해도 세월을 견딘 이 집처럼 만들 수는 없을 거야." 설령 공사 중에 많은 부분이 사라지고 몇 개의 기둥만 남게 된다 해도, 난 그 편이 좋았다.

그러는 사이 지루한 시간이 흘러 해가 바뀌었다. 함께 '으쌰으쌰' 해보자던 K는 우리에게서 등을 돌렸다. 그녀가 우리를 떠난 것은 하동에 내려온 뒤 가장 큰 시련이었는데, 떠나며 내게 남긴 말 때문이었다. 어느 날 전화를 걸어 그 집을 고치는 일에 대해 다시 한번 생각해보는 게 어떻겠느냐고 했다. 그 뒤로 이어진 이해할 수 없는 문장들은 내게 큰 상처가 되었다.

저 멀리 아름다운 산을 발견했다 치자. 그 산에 오르는 것을 함께 꿈꾸게 되었다고 치자. 함께 도시락을 싸고, 필요한 물건을 준비하고, 꿈에 부풀어 출발선에 선다. 걷다 보니 장애물이 나타난다. 아름다운 산을 오르는 데 장애물이 나타나는 건 당연한 일 아니겠는가. 나는 장애물을 어떻게 넘을까 고민하고 있는데 동반자가 말한다. "정상에 가지 말자." 이 장애물을 이렇게 넘지 말고 저렇게 넘어보자는 제안도, 잠시 쉬었다 가자는 부탁도, 나는 힘들어 못 가겠으니 너 혼자 가는 게 좋겠다는 포기도 아니다. 함께 꾸었던 꿈을 없던 일로 하자는 것이다. 딱 그 기분이었다.

그저, 솔직하게 말해주었다면 되었을 일이다. 너희 집을 잘 고칠 자신이 없어졌다거나, 이렇게 속절없이 시간이 흘러가니 어쩐지 시간 낭비로 느껴진다거나, 처음에 논의한 페이가 마음에 들지 않아 이 일에서 손을 떼고 싶다거나. 어떤 말이어도 상처가 되진 않았을 것이다. 일은 일이고 각자의 입장이 있기 마련이니까. 하지만 나쁜 사람이 되지 않기 위해 주절거리는 변명은 용서하기 힘들다. 그것이 오히려 상대에게 상처를 줄 수 있다는 것을 새삼 깨달으며, 나도 K에게서 영영 등을 돌렸다.

　　허망하게 남겨진 우리는 다시 시작해야 했다. 꽃은 피었는데 집은 없는 우리. 영화 〈카모메 식당〉을 오랜만에 다시 보다가 남편에게 말했다. "저 언니는 저 타국에서 시공업체를 어찌 구했을까? 부럽다. 흑흑흑."

　　어느 날엔 화개장터 근처를 지나다가 꽤 멋지게 리모델링한 미용실을 발견하곤 불쑥 들어가 앉아 머리카락을 자르기도 했다. '구루뿌'를 말고 꾸벅꾸벅 졸고 있는 두 할머니 사이에 앉아 너스레를 떨었다. "어머 사장님, 가게 공사한 지 얼마 안 되셨나 봐요. 누가 고쳤어요?"

　　서울 여자의 어리숙한 여우짓. 하지만 그 미용실을 고친 젊은 사장님도 현장에서 만나 미팅을 했지만 연락이 끊겼다. 이번엔 근처 대도시로 눈을 돌려보기로 했다. 창원의 목수 아저씨, 진주의 잘나가는 업체 등등. 결과는 모두 꽝. 현장 미팅 때 의욕이 넘쳐보이던 이들은 돌아가는 즉시 연락 두절이었다.

그러던 중 웹서핑을 하다가 우연히 한 건축가를 알게 되었다. 얼마 전 서울 쌍문동에 있는 40년 된 낡은 주택을 구해 고쳐 살고 있는 사람. 서울에 사는 건축가가 과연 시골 마을의 이 작은 흙집에 관심을 가질까? 멀고 거대한 북이라고 느껴졌지만, 우리는 일단 두드려보기로 했다. 두드려 그 소리를 가늠해보자! 집 사진과 대략의 설명을 이메일로 보내자 그에게서 답장이 왔다. 우리의 마음을 사로잡는 단 한 문장.

"흥미로운 프로젝트네요."

낡은 흙집에서 시작된 이야기는 K와 툇마루, 〈카모메 식당〉, 구루뽕를 지나 여기까지 왔다. 우리의 시도를 '흥미롭다' 여겨주는 한 사람을 드디어 만나게 된 것이다.

물건
다이어트의
시작

　　고뇌는 하나의 배낭에서 시작됐다. 회사를 그만둔 해 늦여름, 우리 부부는 지리산 둘레길 걷기에 도전하기로 했다. 지리산 둘레길은 지리산 둘레 3개 도(전북, 전남, 경남), 5개 시군(남원, 구례, 하동, 산청, 함양)의 21개 읍과 면, 120여 개의 마을을 잇는 길이다. 지리산 곳곳에 걸쳐 있는 옛길, 고갯길, 숲길. 강변길, 논둑길 등을 둥근 형태로 이어 295킬로미터, 22개 구간의 장거리 도보길로 만든 것이다. 발이 빠른 사람은 10일 만에도 완주한다지만 우리의 체력을 고려해 보름 일정으로 잡았다. 가장 먼저

한 일은 커다란 그레고리 백팩을 하나씩 장만하는 일. 그런데 15일간 필요한 물건들을 선택해 배낭에 담는 것은 여간 까다로운 일이 아니었다. 넣고 빼고 다시 넣고를 반복한 끝에 결국 '손 대면 뻥 터질 것 같은' 배낭이 완성됐다.

- 반팔 티셔츠 7
- 나이키 레깅스 3, 러닝 쇼츠 2
- 나이키 윈드브레이커, 레인코트
- 아디다스 요가 톱 3
- 속옷 7세트
- 잠옷 2세트
- 화장품(스킨, 에센스, 수분크림, 아이크림, 선크림, 파운데이션, 미스트 등등)
- 세면도구(클렌징 밀크, 물비누, 샴푸, 컨디셔너, 보디샴푸, 샤워 퍼프, 보디로션 등등)
- 일기장, 펜
- 블랙베리, 후지카메라 그리고 각종 충전기
- 접을 수 있는 휴대용 의자
- 일회용 티슈, 물티슈, 물통

초보 백패커의 좌절은 짐싸기에서 이미 시작됐다. 온갖 물건을 쏟아부은 커다란 캐리어를 벨보이가 방 앞까지 가져다주는 그런 종류의 여행이 아니라는 걸 잊었던 것이다. 내가 챙긴 커다란 배낭은 온전히 내 어깨에 얹어졌고, 그 짐을 짊어진 채 20킬로미터 산행을 해야 했다. 제주 올레길을 좀 걸어보았다는 자만으로 걷기 시작한 길이었는데 웬걸, 지리산 둘레길은 대부분 가파른 산길로 이어져 있었다. "이건 걷기 여행이 아니라 등산 여행이잖아!"

결국 둘째 날 한 작은 마을을 지나다가 우체국을 발견하곤 커다란 박스 하나를 사서 배낭 속의 짐을 덜어 서울 집으로 보냈다. 둘이 합쳐 21킬로그램이던 배낭은 12킬로그램이 됐다. 9킬로그램의 미련은 따로 서울로 배달되었다. 남은 건 단출했다.

- 티셔츠 1
- 레깅스 1, 러닝쇼츠 1
- 윈드브레이커 1, 레인코트 1
- 속옷 2세트
- 잠옷 1
- 수분크림, 선크림, 물비누

아침 8시부터 오후 4시까지 8시간을 걷고 식사를 한 뒤 근처 민박집을 찾아 잘 곳을 마련한다. 그리고 입었던 옷을 빨아 널어두고 휴식하는 일정. 매일 같은 옷을 입고 걸어도, 좀 덜 마른 옷을 입고 걸으며 햇볕에 말려도, 머리부터 발끝까지 물비누 하나로 씻어도, 크림 한 가지만 발라도 별일 일어나지 않는다는 사실은 내게 큰 충격으로 다가왔다. 물건이 부족하다는 불안은 홀가분한 기분으로, 정해진 숙소가 없다는 초조함은 자유로움으로 바뀌었다. 내 몸뚱이 하나만 이겨낸다면 어디로든 걸어가 오늘 하루를 살아갈 수 있는 것이다. "내가 살아가는 데 필요한 물건이 고작 이것이었다니!" 둘레길 짐싸기의 충격적인 기억은 머릿속에 각인됐다. 하동행을 결심하며 가장 먼저 한 일 역시 짐을 줄이는 일이었다. 하나의 배낭을 꾸리듯, 우리의 모든 물건을 다시 정리하기로 한 것이다.

가장 큰 이유는 집의 규모였다. 작아도 너무 작은 두 개의 방. 대체 옛날 사람들은 이 작은 집에서 어떻게 살았을까. 이 미스터리한 문제에 대해 우리는 한참 동안 이야기했다. 옛집은 어찌하여 이토록 작은가. 우리 선조들은 아늑한 집을 좋다고 여겼는데, 이 아늑하다는 느낌은 안정감에서 유래한다. 자연과의 조화, 소박한 질서의 미, 적막할 정도로 단순한 디자인 역시 옛

집의 특징이다. 방을 넓히지 않고 마당을 넓게 쓴 것은 소유에 대한 개념 또한 우리와 달랐음을 말해준다. 아파트의 실평수에 집착하고 그 안에 물건을 가득 채우며 살아가는 현대인은 이해하기 힘든, 여백과 여유를 향한 우아한 갈망!

우리는 작은 옛집으로 이사하기로 했고 물건은 넘쳐나니, 어떻게든 정리해야만 한다. 그렇다면 어떻게? 정리법에 관한 책들이 말하는 가장 기본적인 첫걸음은, 지난 1년 동안 한 번도 사용하지 않은 물건을 과감히 처분하라는 것. 그동안 둘이서 각자 사 모은 책들, 수십 켤레의 신발, 10년 가까이 일하면서 브랜드에서 선물로 받은 작은 물건들(그 많은 열쇠고리는 모두 어디에서 왔을까!) 등 모든 물건을 심판대에 올렸다.

지난 1년 동안 입지 않은 옷을 모아 정리하니 커다란 박스로 일고여덟 개 정도, 다시 펴보지 않을 것 같은 책이 네 박스. 의미 없이 사다 모은 그릇이 두 박스다. 옷과 그릇은 아름다운 가게에 기부하고 책은 중고서점에 내다 팔았다. 그러는 사이 자연스럽게 몇 가지 공식이 생겼다. 용도가 비슷한 물건은 하나만 가질 것. 그 하나의 물건은 오래 사용할 수 있는 최상의 품질일 것. 쉽게 말해 백 원짜리 물건 열 개를 갖는 것보다 이천 원짜리 좋은 물건 하나를 갖는 게 낫다는 것이다. 그리고 무엇보다 가장 중요

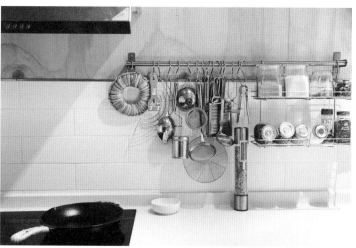

한 건 소비 위주의 생활로부터 도망쳐야 한다는 것. 쉽게 물건을 사들이던 습관을 바꾸기 위해 독한 결심을 해야만 한다.

그러던 어느 주말. 홈쇼핑을 보던 중 나도 모르게 손이 휴대전화를 향했다. 힘이 무척 세다는 믹서기 주문. 우린 믹서기가 없잖아? 하나 있긴 하지만 방망이 모양이잖아. 저건 주스뿐 아니라 수프도 만들 수 있잖아. 사은품으로 코코넛 오일도 한 병 준다잖아? 옆에서는 남편이 낮은 한숨을 내쉰다.

이처럼 나의 결심이란 참으로 연약하고, 변명은 다양하고, 단순하게 사는 길은 이토록 멀다. 그럼에도 이 집은 나를 바꿔갈 것이라 믿는다. 나를 바꾸는 건 나의 결심이 아니라 이 작은 집일 것이다. 윈스턴 처칠Winston Churchill은 말했다. "We shape our buildings and they shape us." 곧 만들어질 우리의 집이 우리를 모양 지어 갈 것이다. 부디 우리의 삶이 단순하고 조용한 모양으로 빚어지기를.

어떤 집에서
살고 싶나요?

집을 그려보자. 우선 큰 네모. 그 안에 안방과 작은방, 부
엌과 욕실, 거실에는 서로 마주보는 텔레비전과 커다란 소파….
24평형, 32평형 혹은 40평형대. 정형화된 아파트 구조가 떠오른
다. 물론 보편화된 구조는 그 나름의 당위성이 있다. 그것이 가장
편하고 실용적이기 때문에 대다수의 집이 그 구조를 갖게 된 것.
하지만 귀촌한 사람들이 원하는 건 그런 집이 아니다. 실내가 전
부는 아니니까. 마당이 있고 멀리 보이는 좋은 풍경이 있으니까.
게다가 우리의 집 공사는 신축이 아닌 리모델링. 기존의 틀을 바

탕에 두고 새로운 집 구조를 상상하기란 쉽지 않았다. 그런 점에서 집을 설계하기 위해 건축가와 나눈 대화는 꽤 흥미로웠다. 이전에는 당연했던 것들, 한 번도 고민해보지 않았던 삶의 형태를 고민해야 했다.

일하지도, 잠을 자지도 않는 시간엔 주로 뭘 하느냐, 텔레비전은 얼마나 보느냐, 심지어 저녁밥은 뭘 만들어 먹느냐까지 건축가는 첫 미팅에서 수많은 질문을 쏟아냈다. 그중 가장 흥미로웠던 것은 가장 오래 '정주'하는 공간이 어디냐는 질문. 잠을 자지도 않고 일하지도 않을 때 주로 집 안 어디에 머무는지 묻는 것이었다. 서울서 아파트에 살 때 주로 어디에 머물러 무얼 했는지 생각해보니 소파와 텔레비전이었다(다들 비슷할 거라고 생각합니다). 그리고 보면 집의 형태가 일상을 만든다는 말이 맞다. 소파가 거실 한가운데에 놓여 있고 그 맞은편에는 텔레비전이 있으니 거기 앉아 그것을 볼 수밖에.

정주 공간을 묻는 질문의 답변에 따라 정주 공간과 목적 공간이 배치된다. 우리는 밥 해먹고 일하고 사람들을 만나는 일을 모두 집에서 할 것이기 때문에 우리의 거실은 작업실 겸 식당 겸 휴식 공간 겸 미팅룸이 되어야 했다. 거실 가운데 커다란 탁자와 의자를 두기로 했다. 소파는 아웃. 거실만큼 중요한 곳은 주방이었다. 시골 생활의 특성상 삼시 세끼를 집에서 만들어 먹을 확률이 높기 때문에 주방은 최대한 넓고 동선이 자유롭길 원했다. 그 외에도 우리가 요구한 것들은 화장실을 건식으로 사용하도록 할 것, 욕조를 만들 것, 뒷마당으로 통하는 문을 만들 것, 책을 위한 공간을 따로 마련할 것, 아래채는 기존의 모습을 최대한 살릴 것 등이었다.

　　　그리고 한 달 뒤. 설계도와 견적서를 받았다. 우리의 막연한 요구가 구체화되어 그려졌다는 게 마냥 신기했다. 하지만 그때 우리는 다시 막다른 골목을 만나게 됐다. 애초에 우리가 제시했던 비용과 맞지 않는 견적서를 받게 된 것이다. 우리가 감당할 수 없는 금액. 우리는 무지했고, 건축가는 욕심을 냈고, 우리와 건축가는 죽이 잘 맞았고, 다 함께 손을 맞잡고 두둥실 떠올라 한없이 달콤한 꿈을 꾸고 말았던 것이다. 그래, 설계가 무슨 죄냐. 에라이, 돈! 결국 돈이 문제다. 누굴 탓할 일도 아니다. 다시 출발선으로 돌아가면 그뿐이다. 모두 함께 손을 맞잡고 잠시 반성(?)한 뒤 설계부터 다시 시작했다. 그리고 한 달 뒤, 새로운 설계도와 견적서를 받은 뒤 계약서를 쓰고 다시 한 달 뒤, 마침내 공사는 시작되었다.

뼈대만
남기다

집도 늙는다. 늙으면 고장이 난다. "저 낡은 집을 사서 뭐 할라꼬?"라던 동네 어르신들 말씀이 옳았다. 70년된 농가 주택을 고치는 과정 중 가장 힘든 일은 철거와 구조보강이었다. 늙어 고장 난 집을 고치는 첫 걸음은 고장 난 부분을 고쳐주는 것. 전문가들은 이 과정을 '구조보강'이라고 부른다. 기둥만 남기는 철거를 마친 뒤 시작된 구조보강은 생각보다 까다로웠고, 한편으론 꽤 흥미롭기도 했다.

전문가는 시행착오를 겪지 않을 것이다, 라는 생각은 매우 흔한 착각이다. 노후 주택 리모델링은 결국 변수와의 싸움. 예측불가다. 마구 튀어나오는 돌발 상황을 어떻게 풀어나갈 것인가 하는 고민이 가장 많았다. 철거 후 구조보강을 하는 과정에서 가장 큰 변수는 '기둥'이었다.

목수가 도착한 첫날. 그는 청진기 대고 진찰하듯 방망이를 들고 집 전체를 돌며 기둥을 두드리기 시작했다. 그리고 들려온 충격적인 소식. 겉에서는 튼튼해 보였던 기둥 중에서 속이 텅 비거나 썩은 것들이 있다는 진단. 문제는 '구들'이었다. 구들 난방을 하는 과정에서 생긴 습기가 나무를 썩게 했다는 것이 가장 유력한 가설이었다. 실제로 실외 기둥보다 실내 기둥이 더 심각했다. 기둥이 불안하면 구조 전체가 흔들릴 수 있다. 집이 넘어가거나 돌아갈 수도 있다. 결국 그날의 공사는 접었다. 전문가들이 머리를 맞댔다. 그리고 이 위기의 순간에 '도편수'라는 선수가 구원 등판하게 된다.

도편수는 일반 목수와는 구별된다. 전통 한식 기법으로 한옥이나 사원, 사찰 등의 목조 구조물을 만들거나 복원하는 전문가다. 하동에서 한 시간 거리인 남해에 있다는 도편수 한 분을 어렵게 모셨다. 기둥 두 개를 통째로 교체하고 두 개는 밑부분만 새로 끼워 넣기로 결정. 도편수는 질 좋은 소나무를 가져와 낫을

이용해 껍질을 벗겨내고 엔진톱으로 정리했다. 중심축을 잡아서 기둥을 세우는 과정은 꽤 흥미롭다. 기존에 있던 주춧돌에 한참 동안 물을 뿌리면 먼 옛날 집을 지을 때 사용한 먹선이 희미하게 나타나기도 하는데, 보수할 땐 그 선에 맞춰 기둥을 세운다.

기존의 기둥보다 더 굵고 튼튼한 나무로 보수하게 되었지만, 변수는 그게 다가 아니었다. 집이 전체적으로 왼편으로 넘어가 지붕의 왼쪽이 오른쪽보다 5센티미터가량 낮았다. 더 넘어가지 않도록 사선으로 보강하고 추이를 살피기로 했다. 구들을 걷어낸 바닥에서는 커다란 돌이 끝도 없이 나와 마당 한쪽을 가득 채웠다. 보와 기둥을 보호해야 하므로 장비가 들어올 수 없는 상황. 작업자들이 망치로 직접 돌을 깨고 나르는 일을 반복했다. 그런데 이 많은 돌은 대체 어디에서 왔을까. 악양면 전체에 돌이 많다는 게 동네 어르신들의 설명이었다. 제주도처럼 집집마다 돌담이 쌓여 있는 동네 풍경에 대한 의문이 풀리는 순간이었다.

팔순을 넘긴 앞집 할머니는 추억한다. 70년 전, 온 동네 사람들이 모여 이 집을 지었다고. 그때 당신도 흙 바르는 일을 도왔던 기억이 생생하다고. 한때 당신의 오라버니가 살았던 집이기도 하다고. 비어 있던 집에 와 살겠다니 반갑고 고맙다고. '우리의 생각이 짧았나?' '너무 낡은 집을 사서 괜한 고생을 하는 걸까?'라는 의구심이 들 때 즈음 들었던 할머니의 말씀은 우리에게 큰 용기를 주었다. 고생스러워도 나름대로 어떤 의미가 있을 거야. 흉내 낼 수 없는 아름다움이 있을 거야. 물론 한 번 더 하라면 절대 안 할 테지만.

PART 2 　　 세우다

내 작은
부엌의
역사

2013년 여름에 결혼한 뒤 줄곧 유부녀였지만 주부였던 적은 없었다. 집을 고치면서 부엌을 어떻게 꾸밀 것인가 고민하게 됐고, 그제야 비로소 자문하게 됐다. 내게 부엌은 어떤 의미를 가진 공간인가? 결혼 후 몇 년간 나의 부엌 살림은 대략 3단계로 설명할 수 있을 것 같다. 첫 번째 배달의 주부. 두 번째 거대한 한 끼. 세 번째 어제의 반찬.

'배달의 주부'란 간단하다. 퇴근 후 남편을 만나 밖에서 저녁을 해결하거나 끼니가 될 만한 것을 사 들고 귀가하거나 배달음식을 시켜 먹는 것. 다행히 남편과 나는 둘 다 초등학생 같은 입맛을 갖고 있었고, 사 먹는 음식에 대한 거부감이 없었다. 무엇보다 편리했다. 장 보는 시간과 조리 시간, 설거지하는 시간을 아낄 수 있었으니까. 당시의 내게 부엌이란 예쁜 그릇을 사서 보관하는 장소였다. 해외 출장을 다녀올 때마다 컵과 접시와 커트러리를 잔뜩 사서 한 짐 들고 들어오면 남편이 묻곤 했다. "혹시 카페 오픈 계획이라도 있는 거야?"

　　두 번째 '거대한 한 끼' 시즌은 결혼 후 약 6개월 정도 지났을 때 시작됐다. '이대로 괜찮은 걸까?'라는 의문이 들기 시작한 것이다. 남편의 체중에 큰 변화가 생기고, 둘 다 몸이 안 좋아지는 걸 느꼈다. '당신이 먹는 것이 바로 당신You are what you eat'이라는데, 그렇다면 나는 페퍼로니 피자고 너는 치즈 떡볶이란 말인가! 마음을 다잡고 마트로 향했다. 카트 한가득 식료품이 담겼다. 대부분 패키지 디자인이 훌륭한, 외국에서 온 재료들이었다. 요리책과 요리 블로거들의 조언을 참고해 거하게 한 상 차렸다. 결과는 놀라웠다. 어마어마한 양의 음식이 완성되었고, 그보다 더 어마어마한 양의 설거짓거리와 음식물 쓰레기가 쌓인 것이다.

　　세 번째 시즌이 되어서야 나의 엄마를 떠올렸다. 매일 매끼니 우리를 기다렸던 엄마의 소박한 식탁을. 찌개를 끓이고 밑

반찬을 만들어보았다. 전날 쓰고 남은 재료에 대해 고민하기 시작했다. 그제야 알게 됐다. 멋진 재료를 잔뜩 사다가 그럴듯한 요리를 만드는 '이벤트'는 누구나 할 수 있지만, 식재료를 영리하게 관리해 매 끼니를 마련하는 '살림'은 아무나 못한다는 것을.

서론이 길었다. 이번엔 부엌에 관한 얘기다. 이 집을 처음 만난 날, 가장 인상적이었던 건 부엌이었다. 집에서 가장 큰 문을 가진 가장 넓은 공간이 거실도, 침실도 아닌 부엌이라는 사실이 의아했다. 집 전체 면적의 절반가량을 식사를 준비하는 공간으로 사용한 이유가 도대체 무엇일까. 식탁도 의자도 없이 커다란 아궁이 두 개만을 둔 채로.

이 집이 지어진 건 70여 년 전의 일이다. 그 시절, 이 지리산 자락에 살던 어떤 사람들을 상상해보면 이 부엌의 형태에 대해 이해할 수 있게 된다. 그들은 아마도 마을 앞 들판 어딘가에서 농사를 지었을 것이다. 그 시절 그들에게 먹는 것보다 중요한 일은 없었을 것이다. 낮에 밭에서 마련한 식재료로 직접 저녁 식사를 마련하는 단순한 삶. 형광등 밑에서 야근하느라 저녁을 거르는 일이 없는, 내 식구 식사를 처음 보는 아주머니에게 맡기는 일이 없는 가장 일상적인 임무에 충실한 생활.

부엌 그리고 끼니에 대한 생각은 집 공사를 하는 동안

집 근처에서 숙소 생활을 하며 더 깊어졌다. 부엌이 없는 한 칸짜리 방에서 지낸 다섯 달의 시간이었다. 부엌이 없으니 곤란한 점이 한두 가지가 아니었다. 부재는 존재를 실감하게 하는 법. 내 주방에서 만들어 먹는 한 끼 식사가 얼마나 감사한 일인지 비로소 깨달았다. 하루 세 끼를 밖에서 사 먹어보니 알게 된 것이다. 있는 반찬 꺼내 먹던 나의 비루한 집밥이 얼마나 맛있었는지를!

익지도 않은 아보카도를 잘라 예쁘게 촬영해 SNS에 올리는 건 가짜다. 진짜 부엌은 제철 식재료를 담백하게 조리하는 지혜와 성실에서 시작된다. 주부가 만드는 진짜 음식이란 그런 것. 지금 가장 싱싱하고 저렴한 재료들을 사와 맛난 반찬으로 만드는 마법이라는 걸 알았다. 두부와 콩나물, 시금치와 감자가 선사하는 마법 말이다. 진짜 부엌 살림은 예쁜 말이 그려진 (가본 적도 없는) 북유럽풍 행주를 사는 게 아니다. 조금 낡았지만 하얀 행주를 매일 삶아 쓰는 헌신이다.

내가 만든 나의 첫 부엌은 담백하게 꾸미고 싶다. 아직 초라한 요리 실력이지만 매 끼니 애쓰고 싶다. 일 때문에 바쁘다는 핑계로 남에게 맡겨두었던 나의 일상을 되찾아 올 때가 바로 지금이니까. 그 일상 중 가장 중요한 것들은 다른 곳이 아닌, 이 작은 부엌에서 시작될 테니까.

자기만의
방

      삼대가 모여 사는 대가족. 바글바글한 여섯 식구 틈바구니에서 자란 탓에 한 번도 내 방을 가져본 적이 없었다. 할머니와 부모님, 남동생에게 방이 하나씩 주어지고 나면 나는 늘 언니와 한 방. 이층침대에 위아래로 누워 기숙사에 사는 여학생들처럼 잠이 들곤 했다. 우리는 서로를 매우 좋아하는 사이좋은 자매였으므로 문제될 일은 별로 없었지만, 가끔 외동딸인 친구네 집에 놀러 가면 그녀의 방이 얼마나 부러웠는지 모른다. 나만의 방, 나만의 침대, 나만의 책상이라니! 어떤 친구의 방에 유선 전화기가 따로 놓인 것을 보고 큰 충격을 받기도 했다. 전용 전화기라니!

　　잡지사에 취직한 뒤 회사 근처에서 혼자 살기 시작했지만 내 방을 갖게 됐다고 말하긴 곤란했다. 침실과 거실과 부엌의 구분이 없는 원룸에 방이란 건 없으니까. 방금 끓여 먹은 라면 냄새로 가득한 공간에서 잠드는 생활을 바랐던 건 아니었다. 생존과 별개로 마련된 공간, 조용히 쉴 수 있는 작은 방을 원했다.

　　결혼한 뒤 공간을 소중히 여기고 가꾸는 재미에 눈을 떴다. 집이 이토록 따뜻한 위로와 안락을 주는 공간이라는 것도 처음 알게 됐다. 하지만 결혼한다는 건 누군가와 모든 공간을 공유한다는 것. 가끔은 홀로 있고 싶을 때가 생긴다(기혼자들이여, 제 말이 틀립니까?). 그런 갈증이 생길 때면 커다란 컵에 얼음물을 가득 담아 들고 욕실로 향하곤 했다. 욕조에 뜨거운 물을 받아 거품을 만들고 그 안에 누워 가벼운 에세이 몇 편 읽으며 찬물을 홀짝이면 그야말로 마음 가득 편안해진다. 그것은 내가 아는 최상의 고요. 꼭 독서를 하지 않아도 좋다. 어차피 목적은 독서도 목욕도 아니다. 거품 속에서 멍을 놓는 것이야말로 내가 누리는 가장 훌륭한 사치였다.

　　건축가를 처음 만난 날. 우리 부부의 생활 패턴과 집의 구조에 관해 대화하던 중, 그가 나를 보며 대뜸 물었다. 혹시 꼭

원하는 무언가가 있느냐고. 나는 망설임 없이 답했다. "욕조요."

　　이 집에는 오수정화시설이 없었다. 화장실이 푸세식이었다는 뜻이다. 아래채 뒤편 구석에 은밀하게 달린 작은 나무 문. 그건 다른 세계로 통하는 문이었다. 신비롭고 놀라운 악취의 세계로 통하는 문. 들어가 두 발을 디디고 발 밑 나무판 아래를 내려다 보면 블랙홀처럼 깊고 아득한… 후…, 여기까지 합시다. 서로 괴로우니까. 아무튼 이 집을 고칠 때 반드시 해야 할 일이 바로 마당에 오수정화시설을 묻는 것 그리고 화장실과 욕실을 신설하는 것이었다. 기존의 욕실을 리모델링하는 것이 아니라 새로 만들 수 있다는 건 아무런 제약이 없다는 뜻이었다.

　　그러나 고민은 오히려 깊어졌다. 어떤 욕실을 만들 것인가. 나는 욕조를 원하고 남편은 건식 화장실을 원했다. 건축가의 묘수는 욕실과 화장실과 세면대를 분리하는 것. 보통의 아파트에는 한 공간에 변기와 세면대, 그 옆에 욕조가 나란히 놓이기 마련인데, 이 세 가지를 따로따로 사용하기로 한 것이다. 일본 영화 속 목욕 장면을 떠올려보면 쉽게 알 수 있는 구조다. 목욕 문화가 특히 발달한 일본의 경우, 욕실과 화장실을 분리해 사용하는 것이 일반적이다(변기 윗부분에 손을 씻을 수 있는 세면대가 달려 있기도 하다). 이같이 분리된 구조라면 목욕하는 동안 방해받지 않을 수 있고, 화장실 바닥이 물로 질퍽거리지 않을 테니, 나와 남편 둘 다 만족할 만한 선택이었다.

독특한 구조 때문인지 사람들이 궁금해한다. 불편한 점은 없나요? 사용해본 결과 장점과 단점 각각 두 가지를 발견했다. 단점으로는 양변기에 물을 끼얹어 시원시원하게 청소할 수 없다는 것(전용 티슈를 사용하면 된다)과 나무로 만든 세면대 가구를 사용하는 데 매우 조심스럽다는 것. 그렇다면 장점은? 오가며 수시로 손을 씻을 수 있다는 것(손 씻기를 매우 중요하게 생각하는 부부입니다) 그리고 결정적인 장점 하나. 혹시나 남편이 화장실에 가고 싶어 하지 않을지 전전긍긍할 일 없이 느긋하게 나만의 시간을 즐길 수 있다는 것! 아아, 나란 사람은 단순하여 그 장점 하나로 모든 단점이 상쇄되고야 마는 것이다.

애서가를
위한
아지트

"자혜야, 세상에서 가장 살 만한 것은 책이란다."

언젠가 나의 엄마가 말했다. 살까 말까 고민될 때 사도
후회가 없는 것, 담긴 내용의 가치에 비해 가장 저렴한 것(물론
모든 책이 그런 건 아니라고 생각한다)이 바로 책이라는 거다. 그
신념 탓에 엄마 곁엔 늘 어마어마한 양의 책이 있었다. 엄마가 처
녀 시절에 모았던 문학작품들 그리고 결혼한 뒤 사들인 기독서적
들. 성인이 되기 전 읽기가 금지되었던 몇 작가를 제외하면 거의
모든 책이 허락되었고, 엄마의 책을 읽는 일이 난 좋았다. 엄마가

그어둔 밑줄을 보는 것도, 옛날 책의 쿰쿰한 냄새를 맡는 것도 좋았다. 젊은 시절의 엄마에게 어떤 오빠가 선물한 책의 첫 장에 적힌 메모를 발견한 날엔 잠을 이루지 못했다. 누굴까, 누구였을까 상상하느라. 아버지의 사업이 흥하고 쇠하고, 집이 넓어졌다 다시 좁아지기를 반복하는 동안에도 엄마의 거대한 책 무더기는 사라지지 않고 늘 집 안 어딘가에 자리를 잡았다. 여러 번의 이사를 거치며 여러 번 포장되고 다시 풀어졌다.

책이 많은 집에 사는 것이 자연스럽고 당연했으므로 책을 사들이는 건 내게도 익숙하고 당연한 일이었다. 독서량은 대학생 때 가장 많았지만 주머니가 가벼웠던 그 시절에는 주로 학교 도서관에 죽치고 앉아 읽었고, 책 수집이 시작된 건 취직하고 자취를 시작하면서부터다. 내 공간에 내가 좋아하는 책을 모아 쌓아두는 건 흐뭇한 일이다. 좋았던 책을 다시 꺼내 읽을 수 있고, 이전에 남긴 밑줄이나 메모를 만지며 그때의 기분을 떠올릴 수도 있으니까.

책꽂이에 가득 꽂고도 넘쳐 여기저기 쌓여 있는 책을 어딘가에 잘 정돈하고 싶었지만, 드라마 속 실장님들의 서재가 욕심났던 건 아니다. 좀 더 일상적이고 자연스러운 공간을 원했다. 그때 건축가가 제안한 것이 집 안 서쪽의 창가 자리에 고정형 창

을 만드는 것이었다. 거실과 구분되는 벽을 세우고 그 안에 책장을 만들자고 했다.

　　방은 아니지만 독립된 느낌을 주는 아늑한 아지트, 리딩누크의 제작은 디귿 자 모양의 낮은 벤치를 제작하는 것으로 시작됐다. 멀바우 나무를 재단해 창 바로 밑으로 무릎 높이의 벤치를 만들었다. 벤치 아래 공간은 책을 꽂을 수 있는 공간으로 비워두었고, 한쪽 벽면에는 네 개의 긴 선반을 짜 맞춰 벤치부터 천장까지의 공간을 꽉 채워 책을 보관할 수 있도록 했다. 그리고 벤치위에 딱 맞는 사이즈의 쿠션을 놓는 것으로 포근한 독서 공간이완성되었다.

　　사실 '아지트'는 어려서부터 갖고 있던 욕구 중 하나다. 언니와 나는 식탁 아래에 이불을 펼쳐 놓거나 커다란 우산을 펼치고 그 밑에서 놀곤 했다. 뭐, 특별한 놀이를 했던 건 아니다. 작은 공간에 우리 둘이 있다는 기분만으로도 충분히 즐거웠다. 초등학교 근처 공사장에 천막을 쳐두고 은밀한 공간을 만들어 친구들과 각자의 물건을 가져다 두었던 기억도 난다. 그리고 무엇보다 초록색 지붕집의 빨강머리 앤! 그녀의 남루한 다락방이 내겐 가장 큰 로망이었다. 창가에 걸터앉아 책을 읽거나 그 앞에무릎을 꿇고 "그럼, 안녕히 계세요!"로 끝나는 기도를 하는 모습은 지금도 생생하다. 앤의 다락방은 아니지만 저 멀리 산이 보이는 아늑한 공간이 생겼으니, 이젠 나도 앤처럼 창가에 턱을 괴고 앉아 중얼거려봐야지.

"내일은 또 무슨 일이 일어날까?"

산책하는
집

우리 집의 중심에는 현관에서 시작되는 긴 통로가 있다. 처음 이 집을 방문한 사람들은 입을 모아 이야기한다. "집이 미로 같아!" 그도 그럴 것이, 현관문에 들어서서 중문을 지나면 집의 구성이 한눈에 보이는 기존 아파트의 구조와는 확연히 다르다. 집의 입구로부터 긴 길이 이어지고, 그 왼편에는 거실과 부엌 그리고 리딩 누크가 자리를 잡고 있다. 길의 오른쪽에는 욕실과 침실, 드레스룸이 있는데 각각 여닫이와 미닫이문으로 가려져 외부인에게는 공개되지 않는다. 욕실과 침실 사이에는 다시 좁은 길이 있어 뒷마당으로 통한다.

집을 설계할 때 건축가와 건축주는 조금은 다른 꿈을 꾼다. 건축가는 자신이 도전해보고 싶었던 요소들을 마음껏 실현하고 싶지만, 건축주는 모험을 즐기지 않는다. 이건 독특한 디자인의 옷 한 벌을 사는 것과는 전혀 다른 규모의 일이니까. 건축가는 우리에게 공간 활용에 중점을 둔 설계안(기존 아파트와 비슷한 구조)과 긴 통로로 나뉘는 조금 독특한 설계안 두 가지를 내밀었다. 우리의 선택은 후자였다.

넓지도 않은 집에 긴 통로를 낸다는 건 어쩌면 공간 활용 면에서 어리석은 선택일지도 모른다. 하지만 건축가는 이 집을 설계할 때 출입구로부터 고정창까지, 그 축을 가장 중요하게 여겼다. 이 집이 보여주는 첫인상이다. 현관에서 시작되는 '건축적 산책로'의 끝에 픽처 프레임을 마련한 것이다. 산책로를 즐기다가 그 끝에서 지리산 풍경을 만나게 되길 원했다. 공간 내부가 한눈에 파악되지 않고 한 걸음 한 걸음 옮길 때마다 시야가 바뀌는 공간 구조는 우리 마음에도 쏙 들었다. 집의 대문을 안채의 정면에 두지 않고, 안채 옆쪽에 둔 것도 이 같은 '길'의 느낌을 극대화하기 위함이었다. 그는 서쪽으로 보이는 지리산 풍경을 포기할 수 없었고, 우리는 스튜디오 형태의 거실과 은밀한 침실이 구분

되는 공간 구성이 마음에 들었다. '건축적 산책로'라는 어려운 말이 뭔지는 몰라도, 집을 향하는 좁은 길이라면 나도 잘 안다.

어린 시절을 보냈던 단독주택에도 '좁은 길'이 있었다. 동네 큰길에서 벗어나 좁은 골목길로 들어서면 그 길 끝에 우리 집이 있었다. 좁은 길을 한참 걸어 들어가면 초록색 철문이 나타나고, 그 문을 열고 들어가 커다란 목련나무와 할머니의 화단을 지나 계단을 두 차례 오르면 마침내 집 현관에 도달한다. 그 길을 모두 지나야 비로소 실내에 진입할 수 있는 것이다.

오직 우리 집으로만 향하는 길. 이 길에 관한 기억은 사소하지만 놀라울 정도로 구체적이다. 길에 깔린 블록의 색과 모양, 몇 개의 블록이 깨져 이가 빠져 있었던 것, 깨진 부분을 밟지 않기 위해 깽깽이걸음으로 뛰어갔던 것, 초록색 철문의 형태와 질감, 철문에 녹이 슬어 풍기던 옅은 피 냄새 같은 것들. 그 기억은 아마도 '집으로 가는 길'에 느꼈던 특유의 정서에서 비롯되었을 것이다. 동네 언니들과 한참 뛰어 놀다가 해가 뉘엿뉘엿할 때 즈음 마침내 집을 향해 뛰어가는 소녀의 초조함, 더 놀고 싶은 아쉬움, 약간 허기진 느낌, 꾸중을 듣지 않기 위해 발걸음을 재촉하는 안간힘. 복잡하지만 왠지 안심이 되는 심정으로 뛰어가던 길이었다.

다시 하동집으로 가보자. 처음 이 길이 생기던 날, 즉 조적(벽돌쌓기)을 하는 장면을 보고 그만 압도당하고 말았다. 생각보다 높은 벽 때문이었다. 압도적으로 높은 벽면은 묘한 긴장감을 준다. 사실 이 벽은 기존 부분(흙집)과 확장한 부분(벽돌집)의 경계선이기도 하다. 양 벽면은 회색 블록으로 쌓여 있지만, 천장에는 기존의 서까래를 그대로 두어 이 집의 특성(옛집과 새로운 건축의 조화)을 고스란히 보여준다.

      문득, 우리의 청첩장 문구 말미에 적었던 문구가 떠오른다. "세상살이 녹록치 않고 울퉁불퉁한 길이 있을지 모르나, 두 손을 잡고 예쁜 오솔길 걷는 마음으로 살아갈 것입니다." 남편이 참 좋아하는 말, 오솔길. 그 예쁜 길을 찾았다. 우리 집에 있었다. 그 길은 이미 우리 집 한가운데에 자리를 잡고 우리의 일상을 디자인하고 있었다.

보와 누마루가
있는 작은 집,
소보루

처음 이 집을 만났을 때 내 마음을 사로잡은 건 위채가
아니라 오히려 작은 아래채였다. 소담하게 제자리를 잡고 있는
아래채를 보는 순간, 이 집을 선택하지 않을 수 없었다. 아담한
방과 아궁이 그리고 저 멀리 지리산 자락을 감상할 수 있는 툇마
루. 그 모든 것이 적절히 제 자리에 있는 느낌이었다. 그리고 무
엇보다 높은 마루! 툇마루를 지나 조금 더 높이 올라앉을 수 있
는 누마루를 보는 순간 이 집이다 싶었다.
　　아래채를 고치면서 가졌던 원칙은 하나였다. 기존의 모

습을 최대한 살릴 것. 그러나 실내의 문제들은 보완할 것. 정체 모를 한지를 덕지덕지 발라놓은 벽면과 천장을 뜯어내고 단열 공사를 마친 뒤 미송 합판으로 마감하기로 했다. 방 가운데를 지나는 커다란 보(수직재의 기둥에 연결되어 하중을 지탱하는 수평 구조부재)는 구조적인 문제로 없앨 수 없었기에 그대로 두고 깨끗이 보수했다. 반드시 있어야 할 것만 있는 단순한 방으로 꾸몄다.

아래채를 가만히 바라보면 이런 생각이 든다. '현대인이 집을 짓는다면 절대로 이렇게 짓지는 않을 텐데.' 아파트를 가장 넓(어보이)게 사용할 궁리를 하고, 테라스까지 몽땅 확장하는 이 시대에 누마루라는 비효율을 어떻게 받아들여야 할까. 코딱지만 한 집의 삼분의 일을 높은 마루로 만든 것이 우리의 상식으로는 쉽게 이해되지 않는다. 대체 왜? 이미 많은 부분을 앞 툇마루로 내어준 것으로도 모자라서?

기능적인 면으로 볼 때 누마루는 휴식을 취하는 곳이다. 한여름 무더위와 습기를 피하기 위한 조상들의 지혜가 담긴 공간이다. 하지만 단지 이런 기능만을 위해 높은 마루를 만든 것 같진 않다. 우리나라에서 산을 접한 지역, 곧 주변 경관이 아름다운 지역에서는 이런 형태의 누마루를 쉽게 발견할 수 있다. 자연 가까이에서 자연을 벗하여 살고자 하는 의지의 표현이다. 하늘에 더

가까이 닿고 싶은 욕망이기도 하다.

　　그런데 이 지점에서 또 하나의 의문이 생긴다. 궁궐처럼 큰 한옥이 아닌, 이 작고 소박한 농가 주택에서 농부는 어찌하여 그런 욕망을 가졌단 말인가! 그의 의외의 선택, 어떤 허세에 대하여 골똘히 생각해보았다. 찌는 여름, 농사일을 하다가 집에 돌아온 그는 이 높은 마루에 앉아 쉬며 무엇을 했을까. 먼 산에서 불어오는 바람을 맞으며 무엇을 꿈꾸었을까. 70년 전 이 집에 살던 농부의 마음은 알 수 없으나, 그것을 상상하던 중 아래채의 용도가 정해졌다. 누구든 우리 집에 놀러와 이곳에서 달콤한 휴식을 맛본다면. 도시에서의 팍팍한 생활을 두고 와, 이곳에서 잠시 명을 놓을 수 있다면! 결국 아래채의 작은 방과 누마루는 민박 손님들에게 내어주기로 했다.

첫 겨울을
마중하는
길

　　서울에 살 땐 하루에도 수십 번씩 시간을 확인하곤 했다.
분 단위로 스케줄을 나누어 소화해야 했던 생활. 언제나 급한 일
로 쫓기던, 딱히 바쁜 일이 없는 날에도 습관적으로 전전긍긍했
던 날들. 시골에서는 이전과는 전혀 다른 방식으로 시간을 확인
한다. 집 앞 골목에 스쿠터 소리가 들리다 은은하게 멀어지면 오
전 10시 10분이다. 옆집 아기 엄마가 식당으로 출근하는 시간.
앞집 할아버지네 굴뚝에서 흰 연기가 피어오르면 오후 4시 30분
경이 되었다는 뜻이다. 그저 아, 그쯤의 시간이 되었구나, 라고 깨

닫고 식사를 준비하거나 짬짬이 나의 일을 하는 단순한 생활이다.

계절에 대한 체감 역시 자연스럽다. 마당 감나무에서 잎이 떨어지고 감이 빨갛게 익어가니 아아, 가을이 깊어지는구나 싶었다. 밤 수확이 끝나고 단감과 대봉 수확도 끝나고, 동네 할머니들이 감을 깎아 곶감 창고에 매달기 시작하니 어디선가 겨울 냄새가 나기 시작하는 것 같았다. 6시도 채 안 된 시간에 해가 산 너머로 사라진다. 그리고 앞집 할아버지네 굴뚝에서 처음 연기가 피어오르기 시작할 무렵, 그 몽글몽글한 흰 연기가 알려주었다. 이곳에서 맞는 너희들의 첫 겨울이 지금 시작되려 한다고.

이제 월동 준비를 해야 한다. 우리가 해결해야 할 가장 큰 숙제는 아래채 민박 객실의 난방이었다. 공사비를 줄이기 위해 아래채에는 기름보일러를 깔지 않았다. 70년된 구들과 아궁이를 그대로 남겨둔 채 내부 공사만 진행했다. 코끝이 시려온다는 건 아궁이의 성능을 확인해야 한다는 뜻. 망가진 환풍 시설을 손보고 툇마루 밑에 쌓아둔 나무를 태워보았다. 하지만 아무리 태워도 방바닥은 따뜻해지지 않았다.

"오늘 피우면 내일 따뜻해져!" 앞집 할머니가 힌트를 소리친다. 오래된 아궁이 방은 데우는 데 오래 걸린다는 것이다. 대신 한번 따뜻해지면 오래도록 온기가 유지된다. 문제는 거기에 있었다. 손님이 띄엄띄엄 있는 탓에 손님이 없는 날에는 구들이 식어버리는데, 그걸 다시 데우려면 꽤 오랜 정성과 많은 양의 장작이 필요하다는 것. 아무데서나 나무를 해올 수 없으니 구입해야 하는데 나무가 기름보다 의외로 비싸고 효율은 낮다. 그리고 무엇보다 큰 문제는 사람마다 원하는 방바닥의 온도가 다르다는 점이었다. 직접 온도를 조절할 수 없으면 얼마나 불편할까. 이대로는 곤란하다. 무언가 수를 내야만 했다.

결국 전기 난방 필름 업체를 수소문해 방 크기에 맞춰 주문한 뒤 직접 깔았다. 기껏 마음에 드는 색깔의 강마루를 시공했는데 그 위에 흉측한 필름과 단열재를 깔게 되었으니 거의 울 것 같은 기분이 되었다. 이 바닥을 어쩌면 좋은가. 장판은 죽어도 싫은데 도대체 어쩌나. 결국 우리가 선택한 건 왕골 자리였다.

시골의 겨울은 가혹할거라고 막연하게 생각했다. 푸른 잎사귀도 들꽃도 없는 계절이니까. 그런데 겨울의 아침 햇빛을 보면 '아, 이토록 아름다운 볕이 있었던가!' 감탄하게 된다. 봄볕의 따사로움이나 여름볕의 뜨거움과는 완전히 다른, 형언하기 어렵도록 아름다운 초겨울의 볕! 창가에서 갸릉갸릉 그 볕을 즐기는 나의 고양이를 보며 되뇌었다. "그래, 계절의 좋고 나쁨이 어디에 있겠니. 그저 그때마다 아름다운 것들이 따로 있는 거겠지."

소 잃고
외양간
고치기

높은 마루 밑에는 정체를 알 수 없는 공간이 있었다. 외부도 내부도 아닌 공간. 앞쪽 벽면의 절반쯤은 뚫려 있고, 천장은 제대로 마감되지 않았고, 한쪽 구석에는 돌로 만든 커다란 여물통 같은 것이 놓여 있고, 온 사방 가득 먼지가 쌓여 있었다. 소가 살던 외양간이었을 것으로 추측되는 곳. 나는 이 공간을 보며 예수님의 마구간 탄생 이야기를 떠올렸다. 성탄을 앞둔 한겨울이었으므로 더욱 그랬다. 그 탄생이 얼마나 초라하고 겸손한 것이었는지 실감났다. 무척 심란해질 만큼 작고 낡고 습한 곳이었다.

수십 년 동안 누렁소가 살던 공간 그리고 최근까지 버려진 창고였던 이곳을 우리 둘이서 리뉴얼하기로 했다. 오들거리는 추위에 땀 뻘뻘 흘리며 우리는 천장과 벽면의 나무를 다듬고 칠했다. 높은 마루에 앉아 바닥 마루의 나무판과 나무판 사이 가느다란 틈에 눈을 대보면 아래 공간이 보인다. 높은 마루 마룻바닥의 다른 면이 이 공간의 천장이 되는 셈이다.

우리는 집을 공사할 때 썼던 도구들을 꺼내 먼지를 털고, 더 필요한 물건들을 사왔다. 물안경과 마스크로 무장한 남편은 나무에 붙어 있는 더러운 것들을 긁어내고 못을 뽑고 그라인더로 나무를 갈았다. 나는 솔에 물을 묻혀가며 구석구석을 닦았다. 이 작고 초라한 곳에서 재미난 일들이 일어나기를 소망하는 마음으로 기도하며 싹싹 닦았다. 깨끗해진 나무에 오일 스테인을 두어 번 칠하고 나니 제법 깨끗한 공간이 됐다.

벽면에는 선반을 설치했다. 위채 툇마루를 뜯어냈을 때 나온 오래된 나무들이 아까워 보관하고 있었는데, 그 나무들을 다듬어 벽에 고정하니 멋스러운 선반이 되었다. 조명을 달고, 테이블과 의자를 놓고, 우리가 좋아하는 물건들을 가져다두었다.

작업실이라는 그럴듯한 이름으로 불리는 이 공간은 다양한 쓰임이 있다. 남편이 뭔가 만들기 위해 뚝딱거리는 곳이 되

기도 하고, 나 혼자 있고 싶은 날 고립되어 글을 쓰는 곳이 되기도 한다. 그리고 집 안에 두기 뭣한 것들을 보관하는 데 가장 유용하게 쓰인다. 어느 겨울날엔 기름 난로를 피우고 그 위에 냄비를 올려 라면을 끓여 먹었다. 두툼한 점퍼 입고서 호호 불어가며, 먼지도 같이 먹어가면서. 그것도 좋다고 신난다고 둘이 낄낄거리면서. 너와 내가 잡스와 워즈니악이라면 모를까, 이 창고에서 애플 같은 회사가 탄생한다면 또 모를까. 우리의 창고 작업실은 이 정도 소박한 쓰임새라면 충분하다.

페인트공 부부의
대활약

목수들의 임무가 끝나고 얼추 집의 모양이 완성되어가는 때였다. 대책회의가 열렸다. 참석자는 건축가와 시공사 소장 그리고 우리 둘. 팽팽한 긴장감이 감도는 자리였다. 예산 문제였다. 공사 비용이 빠듯했던 우리는 추가 지출을 절대로 할 수 없다고 처음부터 못을 박았지만, 리모델링 공사의 특성 때문에 어쩔 수 없이 추가 금액이 발생하고 만 것이다. 넘치는 금액을 해결할 새로운 수가 필요했다. 결국 우리는 하나의 공정에 대한 인건비를 완전히 줄이기로 했다. 온 집 안의 도장(칠) 작업을 직접 하기

로 한 것이다. 그것만으로도 꽤 큰 금액을 아낄 수 있었다.

　　엎친 데 덮쳐 우리는 당시 지내던 숙소에서 나와야 했다. 갈 곳이 없어져 걱정하는 우리에게 현장 소장이 손을 내밀었다. 목공 작업이 끝나고 목수들이 모두 서울로 돌아가게 되면서 그가 빌려둔 숙소의 방 하나가 비었다는 것이다. 그곳은 뭐랄까, 떠올리는 것만으로도 한숨이 나오는 곳이었다. 걸음을 뗄 때마다 장판이 발바닥에 쩍쩍 달라붙고, 언제 세탁했는지도 모를 이불은 쿰쿰하고, 낡은 에어컨에서는 탱크 지나가는 소리가 나는. 그러나 커다란 창으로 펼쳐진 '들판 뷰' 하나는 끝내주는 집이었다. 입주(?) 첫날, 민박집 주인 할아버지는 일하고 돌아온 우리의 옷차림을 보고 추측하셨다. "칠하는 분들인가 보네?" 이래 봬도 내가 눈 하나는 제법 맵다, 라고 자부하는 눈치였다. 고된 노동에 지쳐 있던 우리는 긍정도 부정도 하지 않았고 그렇게 우리는 전국을 돌아다니며 페인트칠을 하는 전문가 부부가 되었다.

　　"둘이서 여기저기 돌아다니면서 여행하는 기분으로 살겠네. 아이고, 둘이 다니면 일당도 두 배니 얼마나 좋아?"

　　미송 합판으로 마무리한 내부 벽면은 방염, 방충을 위해 투명한 수성 스테인을 세 번씩 발라야 했는데, 그 면적이 무척 넓고 천장이 높은 것이 문제였다. 바닥과 창틀을 제외한 집 안의 모든 면이 나무였으니까. 위채로 들어오는 입구와 아래채의 마루 위, 서까래를 그대로 살린 부분은 난이도가 더 높았다. 새까맣게 변해버린 나무들을 모두 닦고 갈아내고 그 위에 스테인을 칠해야 하는데 말이 쉽지 아주 중노동이었다. 넓은 부분은 그라인더로 갈고 좁은 곳은 사포를 들고 손으로 직접 갈아내는데, 그 모든 과정을 사다리 꼭대기에 서서 아슬아슬하게 해야 했다. 긁어낸 찌꺼기들은 얼굴로 우수수 떨어지고 눈은 따갑고 기침은 나오고 그 와중에 자꾸만 배는 고파 서러워지곤 하는 것이었다.

그러던 어느 날 목수 한 분이 지나가며 한마디 툭 던졌다. "그걸 왜 다 벗겨내려고 해요? 긴 세월 동안 쌓인 그 때(정확히 '때'라고 표현하셨다. 맞다 그 때. 목욕탕의 그 때)가 나무를 보호하는 역할을 하는데. 그렇게 제대로 때가 앉은 나무는 쉽게 썩지 않아요. 그 어떤 칠보다 유익하거든요."

좀 웃긴 말이지만, 이로운 '때'인 것이다. 결국 외부의 나무들은 완전히 갈아내지 않기로 했다. 깨끗하게 닦아내고 칠하기로 한 것. 못과 가시들을 빼내고 물을 끼얹어가며 솔로 삭삭 닦아내고 스테인을 칠하니 기둥과 서까래가 반짝반짝해졌다.

그런데 이 모든 과정을 소화하기에 우리 둘만으로는 손이 모자랐다. 칠을 마쳐야 타일 작업이 시작되는데, 약속되어 있는 날짜에 마치려면 시간이 빠듯했기 때문이다. 고양이 손이라도 빌려야 할 처지였다. 결국 주변에 도움을 청했다. 흔쾌히 세 시간 반을 달려와 준 건 씩씩한 나의 친구 G였다. 새벽 첫차를 타고 터미널에 도착한 우리의 소중한 인부는 이틀 동안 전문가의 솜씨로 일했고, 현장 소장님으로부터 "어디서 저런 훌륭한 일꾼이 오셨나!"라는 탄성까지 이끌어냈다. 집 안 곳곳에 서 있는 기존의 나무 기둥 중 G는 화장실 안에 있는 기둥을 도맡아 열심히 닦고 칠했는데, 우리는 그것에 그녀의 이름을 붙여 지금도 G기둥이라고 부르며 기념한다.

그런데 이 사건은 나에게 재미있는 가르침을 주었다. 살아가면서 누군가에게 받은 도움을 꼭 당사자에게 되갚게 되는 건 아니라는 것이다. G로부터 도움을 받고 1년쯤 시간이 흐른 뒤의 일이다. 다니던 회사를 그만두고 파리에 가서 몇 개월 살다가 서울로 돌아와 새 둥지를 틀게 된 선배 E의 소식을 듣게 되었다. 서울에 새로 구한 집의 페인트칠을 직접 하게 되었다는 소식이었다. 우리는 며칠 뒤 서울 가는 버스에 올랐다. 그 일이 얼마나 힘든지, 손 하나가 얼마나 귀한지 알기 때문이었다. 새로운 출발선 앞에 선 선배에게 우리가 해줄 수 있는 가장 좋은 것이 노동이기 때문이기도 했다. 혼자서 집 안 전체를 칠하겠다던 무모한 선배

가 가엾기도 했다. 그녀를 도와 이틀 동안 페인트를 칠한 뒤 친구
G에게 그 소식을 전했다. "친구야, 작년에 네게 진 빚을 이곳에
갚는다." G에게서 짧은 답장이 왔다.

"아아, 하동 오지라퍼들이여! 이렇게 세상은 점점 아름
다워지는구나!"

민트 숲의
탄생

하동에 내려오고 반년쯤 지난 뒤였나. 나의 언니와 언니의 친구 Y가 놀러 왔다(나보다 한 살 많은 Y는 나와도 매우 친한 친구다). 언니와 Y는 남편과 아이 없이 저들끼리 먼 곳으로 떠나왔다는 사실에 매우 들떠 보였다. 새벽에 도착했음에도 지치지 않고 꺄아꺄아 소리치는 모습이 소녀 시절 그대로였다. 그런데 Y가 가져온 선물을 보는 순간 소녀는 저 멀리 사라져버렸다.

Y는 기관지 알레르기에 좋다는 이불 두 채를 선물로 들고 왔다. 그 순간 '아, 이제 정말 어른이 된 것인가!'라고 실감했

다. 우리가 서로를 알게 된 것은 꽤 오래된 일이고, 우리는 그저 철딱서니 없이 몰려다니던 사이였다. 함께 햄버거 세트나 라볶이 같은 것을 사먹고, 동네 놀이터를 어슬렁거리고, 서로의 집에 놀러가 빈둥거리는 사이였던 그녀가, 그런 그녀가 이불을 사온 것이다. 주부들 사이에서 난리가 났다는 초극세사 항균 이불이 나를 보며 선언했다.

"이봐, 이제 너는 어른이야. 주부야. 아줌마라고!"

이처럼 실감 못하던 사실이 어떤 계기를 통해 확실해지는 순간이 있다. '아, 이제 내가 주택에 살게 되었구나!'라고 실감하게 된 것은 오수정화시설(정화조)을 신설하면서였다. 살면서 정화조라는 것을 의식한 일은 한 번도 없었다(다들 그렇지 않습니까?). 그저 아파트 화장실에서 볼일을 보고 나면 '그것'은 물과 함께 빙글빙글 회오리를 돌다가 어디론가 저 멀리 우주 너머로 사라지겠거니 여길 뿐이었다. 그것의 행방을 궁금하게 여기거나 그 뒤처리를 걱정하는 사람은 아마도 없을 것이다. 적어도 다세대 주택이나 아파트에 사는 사람이라면 말이다. 아무튼 이 집에는 정화조가 전혀 없었기 때문에 새로 묻어야 한다고 했다. 어쩐지 궁금증이 도져 정화조라는 것의 구조나 그 작동 방식을 학습했지만 그것을 자세히 알고 싶어 하는 독자는 별로 없을 것이므로 생략하기로 하고. 중요한 건 오수는 반드시 정화 처리한 뒤 하수도에 방류할 수 있다는 것이다. 정화조의 설치와 사용 허가, 관리에 대해서는 법이 규정하고 있다. 어쩐지 멋지지 않은가. '적어도 우리 집에서 나온 오수는 우리 집 안에서 어느 정도 깨끗하게 만든 뒤 버리겠다'는 약속이.

정화조는 집의 뒤편 어딘가 보이지 않는 곳에 묻는 것이 일반적이지만 여러 상황 때문에 우리는 뒷마당이 아닌 앞마당 구석에 묻게 되었다. 원치 않는 일이었다. 딱히 냄새가 나는 것도 아니지만 어쩐지 기분 좋은 느낌도 아니었다. 그곳에 정화조가 있다는 것을 알게 된 이상 의식할 수밖에 없는 것이다.

그러던 어느 날 볼일이 있어 광양에 가는 길, 제법 규모가 큰 꽃집이 보여 얼른 들어갔다. "혹시 허브 있나요?" 나의 물음에 아주머니는 오밀조밀 심어둔 다육식물을 가리킨다. "그런 거 말고, 향기 나는 허브요. 이왕이면 노지에서 잘 자라는 것으로요." 아주머니는 잠시 고민하는 듯 싶더니 어디선가 호미를 가져온다. "마당에 좀 있는데 캐줄까?"

아주머니가 마당 구석에서 캔 것은 애플민트였다. 마치 시장에서 시금치 한 단을 사듯, 한 움큼의 애플민트를 샀다. 집으로 돌아와 검정 봉지에 담겨 있던 시금치, 아니 애플민트를 꺼내 정화조 근처에 드문드문 심었다. 쑥쑥 자라서 정화시설 장치와 뚜껑 등을 가려주기를 기대하면서.

민트는 곧 잊었다. 나는 화단에 심어둔 튤립, 아이리스 같은 예쁜 꽃들을 관찰하고 사진을 찍고 자랑하느라 바빴다. 녀석에게 눈길을 줄 시간도 그럴 마음도 없었다. 민트는 정화조와 함께 세트로 묶여 내 관심 밖으로 밀려난 셈이다. 가을이 가고 겨울이 왔다. 길고 지루했던 추운 날들이 지나고 이듬해 봄, 민트가 다시 살아났다. 한겨울 애플민트는 마치 죽은 것처럼 보이지만 뿌리는 죽지 않고 땅속에 있다가 봄이 되면 다시 줄기를 낸다. 초여름이 되자 애플민트는 무성한 숲을 이루었다. 한겨울 추위를 이겨낸 녀석들은 이전의 녀석들이 아니었다. 훨씬 강해졌다. 생을 향한 의지랄까 집념이랄까. 최선을 다해, 매우 열심히 자라고 퍼지고 버티고 기어이 꽃을 피우고 씨앗을 떨구었다.

바람 부는 날, 창문을 활짝 열어두면 민트향이 집 안까지 들어온다. 알싸한 박하향과 함께 달큰한 사과향이 퍼진다. 이것은 주인이 관심을 주든 말든 꿋꿋하게 살아남은, 그 모든 일들을 말없이 겪은 애플민트의 노래, 승리의 노래다.

마당 있는
집

집을 다 지었다면 이제 집 주변을 가꿀 차례다. 조경에는 여러 방법이 있다. 집을 새로 지은 이들이 주로 선택하는 방법은 집터의 모든 나무를 뽑아버리고 새롭게 설계하는 것이다. 나무가 다 자랐을 때의 경관을 그려본다. 그리고 꽃이 피어나는 시기를 고려해 사계절 언제나 꽃을 볼 수 있도록 한다. 식물 전문가들이 투입되면 그다지 어려운 일은 아니다. 집 공사를 계약할 때 우리는 조경을 배제했다. 비용 때문이기도 했지만 그보다 더 큰 이유가 있었다. 신축 주택들의 조경, 그 천편일률적인 모습이 싫었기 때문이었다. 나는 오래된 아파트 단지 안에 있는 큰 나무들을 정말로 사랑하는데, 그것은 막 지어진 아파트의 인위적인 조경은 절대로 따라가지 못하는 종류의 아름다움이다. 그런 아름다움은 결국 시간이 만든다고, 오랜 시간을 두고 가꿨을 때 그 주인의 모습을 따라 완성된다고 믿었다.

　　내부 공사가 끝날 무렵 집 외부를 둘러보던 우리를 가장 절망하게 했던 것은 뒷마당이었다. 발걸음을 옮길 때마다 차박차박 소리를 내는 매우 습한 땅. 뒷집 할아버지는 이곳이 옛날 옛적 빨래터가 지나던 곳이라고 했다. 알고 보니 뒷집의 같은 라인도 질퍽질퍽. 건물 공사가 진행되는 동안 남편은 매일 현장으로 출근해 뒷마당과 씨름했다. 배수가 원활하지 않은 땅을 사용하기 위해서는 물길을 내줘야 하는데, 우리는 유공관을 묻는 방법을 택했다. 구멍이 뚫린 관을 땅에 묻으면 관 안으로 물이 고이고, 땅속의 관에 고인 물이 경사로를 따라 흐르게 하는 원리다. 유공관에 흙이나 자갈이 들어가지 않도록 천으로 감싸고 경사를 맞춰 땅속에 묻고 그 위에 자갈과 흙을 덮었다. 며칠 지나고 나니 질퍽이던 뒷마당은 단단한 땅이 되었다.

　　위채와 아래채 사이에 있는 현관 쪽 작은 마당에는 잔디를 깔았다. 잔디 업체를 알아보니 좁은 면적의 작업을 꺼릴 뿐더러 인건비가 너무 비쌌다. 결국 우리는 이것도 직접 하기로 했다. 하루 종일 쪼그리고 앉아 자갈을 골라내고 흙을 후벼 숨을 쉬게 했다. 다음 날 근처 시의 농원으로 차를 몰고 가 7만 원어치 잔디를 사왔다. 잔디를 심는 일은 어렵지 않다. 살짝 파낸 땅에 한 장 한 장 올려놓고 살살 눌러주며 이제부터 여기가 네 집이다 타이르면 된다. 그리고 발이 푹푹 빠질 만큼 흥건하게 물을 주면 잔디 뿌리가 자리를 잡는다. 나머지는 자연이 알아서 한다.

다음 숙제는 건물 앞쪽으로 펼쳐진 마당. 여기서 의견이 갈렸다. 나는 잔디를 심고 싶어 했고 남편은 자갈을 깔자고 했는데 둘 다 뜻을 이루지 못했다. 잔디는 관리가 힘들고 자갈은 비싸다는 이유로 결국 파쇄석을 깔게 되었다. 결론적으로는 잘한 선택이었다. 현관 쪽 작은 잔디밭도 제대로 관리하지 못해 쩔쩔매는데 앞마당 전체가 잔디였다면 어땠을까 생각만 해도 아찔하다. 어떤 분의 우스갯말을 들었다. 집을 지을 때 가장 중요한 것은 잔디 면적을 최소화하는 것이라고. 그만큼 잡초와의 전쟁은 치열하다. 그리고 그 전쟁의 승자는 언제나 집주인이 아닌 잡초다.

마지막 남은 숙제는 울타리 나무다. 마당 가장자리로 울타리도 담도 없어 주변의 시선을 좀 더 차단할 필요가 있었다. 나무 쇼핑을 위해 정원 박람회에도 가보고 읍에서 열린 산림조합

장터에도 나가보고 여러 농원도 알아보았지만 새로운 나무를 심는 일은 막연했다. 더위를 못 견디는 나무가 있고, 습한 곳을 좋아하는 나무, 바람이나 볕이 조금이라도 모자라면 살 수 없는 나무도 있다. 산에 올라가 보면 수종마다 자기 본성에 따라 저 좋아하는 자리에 서 있는 나무를 볼 수 있다. 그 성질을 모두 고려해 주변 환경에 잘 맞는 나무를 선택하는 게 쉬울 리 없었다.

더 큰 문제는 오래된 감나무들이었다. 앞마당 둘레로 띄엄띄엄 심어진 오래된 다섯 그루의 감나무들을 어찌해야 할지 몰랐다. 이전 주인들이 해마다 여러 차례 뿌렸던 독한 농약에 길들여진 탓인지 농약을 치지 않은 첫해 가을, 나무들은 모든 잎과 열매를 땅에 떨구었다. 거짓말처럼 우수수 떨어져버렸다. 키가 너무 커져서 먼 풍경을 모두 가리는 것도 문제였다. 아래채 손님들이 마루에 앉았을 때 저 멀리 보이는 지리산 자락을 선물하고 싶었기 때문이다. 하지만 함부로 나무를 뽑으면 아랫집으로 이어지는 지반에 영향을 줄 것이 분명했기 때문에 그럴 순 없었고 그렇다고 밑둥까지 싹둑 잘라버릴 자신도 없었다. 이러지도 저러지도 못하고 지리산 풍경을 가리지 않는 높이, 내 키를 조금 웃도는 선에서 나무를 잘랐다.

하지만 녀석들이 그 모습 그대로 살 리 없다. 잘린 곳 곁

집 마당 곳곳을 둘러볼 때면 내가 심은 것, 바람을 타고 날아와 우연히 자리 잡은 것 등
온갖 것들이 모여 하나의 세계를 이루었음을 깨닫는다.

으로 새 가지를 내는 것은 당연한 이치다. 살아 있으니까. 예상대로 이듬해 가느다란 가지들이 삐죽삐죽 솟아나와 볼품없는 모양새가 됐다. 꾸역꾸역 종족을 이어보려는 안간힘에 숙연해지는 한편, 어느 시인의 시구가 생각나 선득해졌다.

해마다 목 잘라 봐라
팔이란 팔 다 잘라 봐라

오금에라도 싹 틔울 테니
발가락으로라도 잎 쳐들 테니
— 정진용, 〈가로수〉 중

은행나무를 심었다가 낙엽이 귀찮고 떨군 열매의 냄새가 지독하다는 이유로 싹 뽑아버리고 왕벚나무를 심었다가, 이제는 이팝나무 아니면 튤립나무. 유행 따라 가로수를 변모시키는 도시의 논리가 내 머릿속에도 있었다. 건물을 가린다는 이유로 숭덩숭덩 가지를 쳐내는 잔인한 능지처참이 우리 집 마당에서도 자행된 것이다.

한 해가 또 지났으니 이제 남편과 함께 마당에 대해 토

론해야 할 때다. 초보답게 처절하게 반성도 하고 어떤 부분은 맘
껏 뿌듯해하기도 할 것이다. 주택의 마당이 완성되기까지는
10년 이상의 시간이 걸린다고들 한다. 그 작업은 한 사람이 하는
경우도 있고 여러 주인이 하는 경우도 있을 것이다. 집 마당 곳곳
을 둘러볼 때면 이 집의 전 주인과 전전 주인, 그 전 주인이 심은
것들과 내가 심은 것, 바람을 타고 날아와 우연히 자리 잡은 것
등 온갖 것들이 모여 하나의 세계를 이루었음을 깨닫는다. 내게
주어진 것은 이 집의 그 긴 역사 속에 있는 모든 것들이 자연스럽
게 무르익어가도록 돕는 일, 그것이 아닐까 싶다.

PART 3   채우다

나의 즐거운
땅집 생활

    오늘 점심은 무얼 먹을까 고민하고 있는데 저쪽 벽 한가운데로 손가락만 한 돈벌레가 지나간다. 핫, 돈벌레 따위! 이제는 아무렇지도 않다. 그것은 '땅집'에 사는 사람이라면 어쩔 수 없이 견뎌야만 하는 것, 익숙해져야 하는 것이다. 비 오는 날에는 어김없이 지네가 등장하고, 성실한 거미는 날마다 여기저기 거미줄을 쳐대고, 동네 고양이들이 문 앞에 잡아다 놓아둔 두더지를 치워야 하는 생활이다.

    땅집에 살게 된 건 28년 만의 일이다. 작은 단독주택에서 태어나 그 집에서 자랐다. 앞마당이 딸린 2층짜리 양옥집. 1층은 세를 주고 우리 여섯 식구는 2층에 살았다. 그곳에서 살다가 초등학교 입학을 앞두고 이사한 뒤로는 쭉 아파트에 살았다. 아파트에 사는 동안은 집에 대해 의식하지 않고 지냈다. 집이라는 것에 대해 아무런 불만도 추억도 없던 시절이랄까. 그리고 이곳 하동에서 비로소 다시 작은 마당을 갖게 되었을 때 놀랍게도 어린 시절 그 이층집에 대한 기억이 더욱 생생해졌다.

작은 발로 걸음을 뗄 때마다 삐걱거리던 마룻바닥, 언니에게서 물려받은 한복을 처음 입어본 날 치마 앞부분을 밟고 넘어져 떼굴떼굴 굴렀던 1층으로 가는 돌계단, 엄마와 함께 페인트를 칠했던 초록색 대문 그리고 할머니가 돌보던 온갖 고운 것들! 집의 오랜 안주인처럼 보이던 커다란 목련나무와 과꽃, 분꽃, 한련화, 나팔꽃, 철쭉 등 계절마다 피어나던 색색의 꽃들. 이처럼 아름다운 것들을 매일 자연스럽게 접했으니, 나의 모든 정서는 그 마당에서 왔다고 해도 좋을 것이다. 우리는 그 조그마한 마당에서 병아리를 키웠고, 종이인형을 오렸고, 꽃송이를 입술에 대고 쭉쭉 빨아먹었고, 보물을 감췄고, 눈을 굴려 눈사람을 만들었고, 다친 새가 죽어가는 것을 보았다.

1989년 우리가 2층집을 떠날 때 엄마는 매우 지쳐 있었다고 한다. 여름엔 너무 덥고 겨울엔 너무 추웠던 집. 그 집 안팎을, 곳곳을 끊임없이 돌봐야 하는 생활은 아이 셋을 돌보는 새댁을 힘들게 했을 것이다. 아파트로 이사하기 얼마 전, 우리는 새집으로 갔다. 입주하기 전에 빈 집을 청소하기 위해서였다. 당시 내 나이 고작 여덟 살이었는데도 그때 엄마의 표정이 생생하게 기억난다. 새로 산 청소도구로 열심히 집 안을 쓸고 닦던 엄마의 행동은 '내가 이 아파트의 주인이다!'라고 몸으로 선언하는 듯했다. 즐겁고 능동적이었다.

　　이 집도 우리를 힘들게 한다. 그런 순간들이 있다. 계절마다 가꾸고 손보는 일 중 낭만적인 것은 극히 일부다. 꽃을 심고 물을 주는 우아한 일 뒤에는 퍼질러 앉아 잡초를 뽑는 극성이 동반된다. 아침마다 새소리를 듣는 대가로 동네 고양이들의 똥오줌 냄새를 견디고 그것들을 치워야 한다. 벽면이나 지붕을 보수해야 하는 순간은 생각보다 자주 찾아오고, 아파트처럼 관리소 직원 따위 없으니 그 모든 일은 고스란히 우리 몫이다. 예상치 못한 일들이 펑펑 터진다. 일이 터진다는 건 예상 못한 지출이 생긴다는 뜻이기도 하다. 하지만 어쩌랴. 이 집이 지금의 내 집이다. 내가 이 집의 주인이다. 나의 마음의 고향이 그 옛날 덥고 춥고 불편했던 2층집이듯, 이 땅집에서의 고생이 언젠가 그리워질 것을 생각하면 코끝이 시큰해지기도 한다.

튤립, 아이리스 등 지난 가을에 심어둔 구근 식물의 꽃을 마음껏 즐기고 나니 매화와 산당화, 죽단화가 피어나고, 아기 엉덩이만 한 불두화가 주렁주렁 만발한다. 뒤이어 붉은 작약과 분홍낮달맞이꽃, 오렌지색의 홑왕원추리가 고개를 내민다. 꽃들이 제 능력껏 피고 지는 동안 나의 손바닥만 한 뒷마당 텃밭에서도 기적 같은 일이 벌어진다. 한차례 장마가 무시무시하게 쏟아붓고 지나간 뒤, 토마토는 가지마다 주렁주렁 열매를 맺었고 어째 시원찮던 오이는 쑥 자라 있었다. 그뿐인가. 매운 고추와 로메인 상추, 깻잎, 대파, 부추, 고수, 바질이 놀라운 속도로 자라나고 있다.

이 생활이 앞으로도 계속될지, 아니면 긴 여행으로 끝날지는 알 수 없으나 나는 지금 여기에서 매일의 생을 경탄한다. 이 작은 땅집 그리고 집의 안팎에서 살아가는 생명들에게서 인내를, 때를 기다리는 법을 배운다. 선택하여 일부만 취하는 법을, 형편껏 사는 법을, 체념하는 법을, 다시 일어서는 법을 배운다.

이 집이 지금의 내 집이다. 내가 이 집의 주인이다.
나의 마음의 고향이 그 옛날 덥고 춥고 불편했던 2층집이듯,
이 땅집에서의 고생이 언젠가 그리워질 것을 생각하면 코끝이 시큰해지기도 한다.

나의
작은 냉장고
이야기

우리의 첫 신혼집은 복층형 원룸 오피스텔이었다. 통장 사정에 맞추어 집을 구한 것이기도 하지만 혼수와 예물, 예단 등을 모두 생략한 결혼이었기에 신혼 초에 구입해야 하는 살림살이를 최소화해야 했다. 냉장고와 세탁기, 옷장 등이 모두 구비된 풀 옵션 오피스텔에 살기 시작하면서 우리가 구매한 건 매트리스와 소파, 식탁 정도. 식탁 의자와 텔레비전, 그 외 소형가전들은 주변에 미리 말해 축의금을 대신한 선물로 받았다.

첫 번째 신혼집에서 1년을 살고 작은 아파트로 거처를

옮기면서 세탁기와 냉장고를 사야 했는데, 고민은 거기에서 시작됐다. 문제는 냉장고였다. 주변 사람들(특히 결혼한 언니들)은 무조건 큰 걸 사야 한다 주장했다. 그들의 논리는 대략 세 가지로 압축할 수 있겠다. 한 번 사면 평생 쓰니까('10년 이상'을 다소 과장한 것으로 추측됨), 다음 번 이사 갈 때 더 넓은 집으로 갈 테니까, 쓰다 보면 분명 공간 부족에 시달릴 테니까. 그런데 그 논리를 납득할 수 없는 이유가 내게도 있었다. 손에 무슨 전류라도 흐르는 것인지 뭐든 잘 고장을 내서 오래 쓸 자신이 없고, 더 넓은 집으로 이사 갈 자신은 더더욱 없고, 그 큰 냉장고에 뭘 가득 채워 넣을 자신 또한 없다!

무엇보다 우리나라 가정집에 있는 냉장고가 지나치게 크다는 걸 예전부터 이상하게 여기던 터였다. 18평 집이나 45평 집에 비슷한 크기의 양문형 냉장고가 있는 것은 좀 이상하지 않은가. 여섯 식구 사는 집이라면 몰라도 두 식구 사는 집에 양문형 냉장고가 대체 왜 필요하지?

고백하자면 나도 잠시 현혹되었다. "어머, 예비 신부이신가 봐요. 혼수 제품은 이쪽으로 오세요! 기본적으로 이 정도는 다들 해요~." 견물생심. 엄청나게 커다란 냉장고를 보니, 글쎄 그걸 사면 셰프처럼 요리할 수 있을 것 같은 마음이 들지 뭔가. 아아,

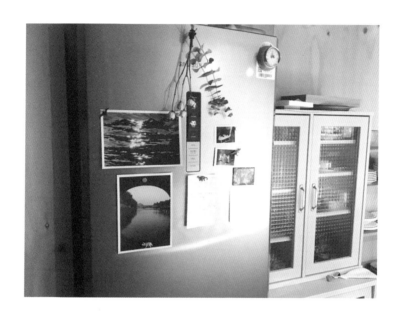

작은 냉장고를 사용하는 일은 단순히 요리하는 법을 넘어
어떤 생활방식을 추구할 것인가를 고민하고 결정하게 해주었다.

이것은 심은하가 "여자라서 행복해요"라던 그 옛날 광고 카피에서 시작된, 일종의 전 국민 최면 같은 것인가!

　　그러나 우리는 작은 냉장고를 선택했다. 대리점 상담 직원은 장정 두어 명이 거뜬히 들어갈 수 있을 것 같은 양문형 냉장고의 세계로 우리를 인도하려 애썼지만, 매장에 진열도 해두지 않는 346리터짜리, 냉장실 한 칸 냉동실 한 칸의 냉장고를 주문했다. 그 냉장고의 디자인이 가장 단순해 마음에 들었고, 가격이 매우 저렴했으며, 24평 아파트에 사는 두 식구 가정에 딱 맞는 크기이기도 했다.

　　그땐 요리를 많이 하지 않던 시절이었기 때문에 냉장고가 작다고 느끼지 못했지만 시골에 내려오면서 상황이 달라졌다. 서울살이처럼 외식이 잦지 않을 것이고, 슬리퍼 끌고 슈퍼마켓에 다녀올 수 없는 지역 특성도 고려해야 했다. 냉장고를 교체할 것인가, 아니면 하나 더 살 것인가! 아니다, 우선 한두 달만 살아보고 결정하자 하고는 여러 계절이 지났다. 그럭저럭 지낼 만하다는 것이 우리의 결론. 매일 밥을 해 먹어보니 한 가정에서 일정 기간 안에 해치울 수 있는 식재료가 그리 많지 않다는 것을 알게 됐다(물론 그보다 더 극히 한정된 건 내가 만들 수 있는 음식의 종류다). 빤한 재료를 자주 사다가 단순한 음식을 만들어 먹고, 남은 재료를 조합해 또 다른 음식을 해먹는 방식으로 살아보니 그럭저럭 지닐 만하다. 콩나물과 애호박과 두부와 감자의 나날들이 의외로 흥미롭지 뭔가!

『심플하게 산다』로 잘 알려진 도미니크 로로Dominique Loreau는 그의 책 『심플한 정리법』에서 이렇게 말한다. "주방의 찬장과 냉장고를 정리하는 행위는 자기 인생의 의미를 찾고 영양을 섭취하는 방식과 집안 살림을 꾸려나가는 방식에 대해 깊이 생각하는 계기가 된다." 나도 그것을 경험했다. 나로 말할 것 같으면 내가 가진 공간이 크든 작든 무조건 가득 채우고야 마는 성질을 가진 사람이다. 지금도 여전히 할인하는 냉동만두를 네 봉지쯤 사고 싶고, 홈쇼핑에서 파는 손질된 고등어를 한 박스 주문하고 싶고, 온갖 고기를 부위별로 소분해 냉동해두면 마음이 든든할 것 같지만 나의 작은 냉장고는 그것을 허락해주지 않는다. 작은 냉장고를 사용하는 일은 단순히 요리하는 법을 넘어 어떤 생활방식을 추구할 것인가를 고민하고 결정하게 해주었다.

집 밖에서 스마트폰으로 냉장고 안을 들여다볼 수 있는 시대라지만, 나는 매우 고전적인 방법으로 냉장고를 관리한다. 냉장실과 냉동실 안에 있는 식재료를 모두 적어 붙여두는 것. 사용할 때마다 남은 재료를 표시하고, 장 보러 나갈 때 메모를 가져

간다. 이 메모는 식재료를 관리하는 일뿐 아니라 메뉴를 정할 때에도 매우 유용하다. "음, 애호박과 당근이 있는데 무엇을 만들 수 있나?" 하고 짐짓 주부 흉내를 내며 존경하는 나의 선생님 '새댁을 위한 기초요리' 책을 펼치게 되는 것이다.

생긴 대로
산다

늘 내가 바라는 바대로 살아왔다. 큰 굴곡 없는 삶이었으
니 감사할 일이다. 어쩌면 기억력이 지나치게 나쁘거나 지나간
기억을 좋은 방향으로 조작하는 데 탁월한 덕일 수도 있다. 원체
그릇이 작아 그럭저럭 분수에 맞는 걸 꿈꾸고 만족해왔기 때문일
수도 있겠다. 어쨌든 대체로 평화로운 한 해 한 해를 살아오던
중, 아무리 노력해도 안 되는 일이 있다는 걸 깨닫게 해준 자가
있었으니, 턱시도를 입은 작은 고양이다.

　　자동차 엔진룸에서 구조되어 '엔지'라는 이름을 얻은 고

양이는 어찌어찌 인연이 닿아 우리 집에 오게 되었다. 태어난 지 5개월 된 겁이 많은 아기 고양이. 집에 온 지 일주일이 넘도록 소파 밑에 숨어 있던 고양이를 보고 우리는 단지 조금 소심한 탓인 줄만 알았다. 하지만 웬걸. 그녀와 한집에 산 지 벌써 4년이 넘었지만, 아직도 우리는 녀석을 제대로 만져보지 못했다. 사람의 손에 대한 트라우마가 있는 것 같다는 전문가의 추측. 손을 가까이 가져가기만 해도 난리가 났다. 병원에라도 데려가야 하는 날엔 온 집 안이 발칵 뒤집어졌다. 버둥거리고 할퀴고 깨물고 배설물을 지리고서야 겨우 잡히는 녀석. 한없이 사랑스럽다가도 도무지 이해할 수 없는 이상한 녀석. '너무 귀여워!'와 '대체 왜 저래?'가 반복되는 날들이, 원망과 하소연과 체념의 시간을 지나 벌써 햇수로 5년째다.

　어떤 날은 꿈을 꾸었다. 그 아이를 쓰다듬는 꿈. 콧잔등을, 작은 뺨과 뒷덜미, 기다란 등을. 보드라운 털을 한없이. 하지만 현실은 늘 그만큼의 거리. 더 이상 가까워지지 않는다.

　그래도 녀석은 매일매일 집 안 어딘가에서 평화를 누리고, 적당한 거리를 유지한 채 끊임없이 나를 관찰하고, 이름을 불러주면 나에게만 들려주는 이상한 소리로 울고, 눈을 껌뻑이며 애교를 피운다. 저 멀리에서 삐약거리는 작은 소리. 좋아한다고 해서 꼭 만져야 하는 건 아니라는 걸, 오만 가지 사람이 있듯 오만 가지 성격의 고양이가 있다는 걸 녀석에게서 배웠다.

하물며 사람은 어떻겠나. 시골에 와 살며 알게 된 동네 사람들 때문에 남편과 나는 꽤 곤혹을 치렀다. 말도 안 되는 것을 말도 안 되게 요구하는 사람, 무턱대고 마당으로 저벅저벅 걸어 들어와 소리소리 지르는 사람, 온갖 참견을 다 하는 사람, 나쁜 소문을 내는 사람 등등. 대체 저들은 왜 저러는가!

어느 날 홀로 가만히 앉아 동네 사람들을 하나씩 떠올려 보았다. 대부분 이곳에서 나고 자라 지금까지 살아온 사람들. 이 땅과 낡은 제 집과 밭이 그들의 전부다. 낯선 이들의 등장에서 시작된 호기심을, 드디어 생겨난 새로운 이야깃거리를, 왠지 모를 불안을 그들도 어찌할 줄 몰랐을 것이다.

귀촌하려는 이들이 가장 두려워하는 점이 아마도 동네 사람들의 텃세일 것이다. 분명하게 말할 수 있는 건, 물론 동네마다 차이가 있겠지만, 그들과 도시인들은 좀 다르다는 것이다. 중요하게 여기는 것, 심리적 거리 그리고 표현 방식이 다르다. 많은 사람들이 우리에게 이런저런 충고를 건넨다. 어떤 이는 무조건 '세게' 나가라고 하고, 어떤 이는 '아양'을 떨라고 한다. 그러나 우리는 그저 약간의 거리를 두고 하루하루 지내고 있다. 시간이 조

좋아한다고 해서 꼭 만져야 하는 건 아니라는 걸, 오만 가지 사람이 있듯
오만 가지 성격의 고양이가 있다는 걸 녀석에게서 배웠다.

금 필요하겠지만 그렇게 거리를 두어도 잘 지낼 수 있다고 믿기 때문이다. 나는 그것을 나의 고양이에게서 배웠다. 오만 가지 성격의 고양이가 있듯 오만 가지 사람이 있는 법 아니겠는가!

밥 먹고
삽니다

　　시골에 내려가 살겠노라 선언했을 때, 나의 아버지가 내
놓으신 첫 문장. "시골에서 살면 굶어죽을 일은 없겠지." 순간 혼
란스러웠다. 거기 가서 어쩌려고? 너무 성급한 거 아니냐? 좋은
직장을 왜들 때려치웠니? 아직은 좀 더 벌어서 저축해야 할 때가
아니냐? 같은 질문이 아닌, 굶어죽진 않을 거라는 희미하고도 근
거 없는 예언이라니. 예상 못한 반응에 놀랐다. 그 의중을 헤아리
기 어려웠다. 고집불통 둘째딸이 결정을 내렸으니 어찌 해볼 수
없다는 것을 잘 아는 아비의 한숨 같은 것이었을까.

아니다. 아버지의 인생을 가만히 생각해보면 그것은 진심일 거라는 생각에 이른다. 재물을 좇아 살아온 삶이 아니었다. 그렇다고 명예를 얻고자 했던 것도 아니다. 평생을 열심히 노동했고 칠순을 코앞에 둔 지금도 공장을 운영하고 있지만, 또 회사의 규모도 꽤 커졌지만 여전히 당신 손에 쥔 것은 별로 없는 사람. 당신 이름으로 된 집도 새 차도 가져본 적 없다. 계절별로 옷은 두어 벌 정도. 어떤 신발은 10년을 넘게 신어 식구들 모두가 그 두 짝의 유물을 내다 버리는 것이 염원이던 시절도 있었다. 엄마가 아버지의 새 옷이라도 사오는 날엔 불호령이 떨어졌다. 새 옷은 다시 가게로. 그리고 환불.

같은 시간에 출근해 같은 시간에 퇴근하고 저녁 식사, 산책, 독서, 성경 공부, 취침 그리고 다시 출근. 매우 단순한 패턴을 반복하는 생활이었다. 그의 인생에 친구, 쇼핑, 골프, 술, 담배 같은 것은 없었다. 생각해보면 아버지는 '반드시 지켜지는 약속' 같은 사람이었다. 그 약속 중 가장 중요한 것은 식구食口들이 따뜻한 집에서 세 끼 먹고 사는 것. 그 이외의 것에는 이상하리만치 둔하달까, 무심하달까.

손에 쥔 것이 없다고 가난한 것인가. 평생 한 가지를 연구하며 만들어온 아버지에게는 꼿꼿한 자부심이 있다. 그것은 물질을 많이 얻는다고 가질 수 있는 것이 아니다. 중학생 때였나. 아버지가 실험 중이던 어떤 제품의 샘플을 집에 가져와 비밀스레 내게 보여주던 순간, 빛나던 그의 눈을 기억한다. 소년처럼 맑은 얼굴. 그건 평생 누구에게 아부해본 적 없는 사람만이 가질 수 있는 것이다.

그와 같은 삶의 태도는 하동으로 이사하면서 우리가 꼭 이루고자 했던 것이기도 하다. 떳떳한 돈을 조금 벌어 조금씩 쓰면서 사는 것. 대신 우리의 시간을 더 많이 갖는 것. '직장'이 아닌 '직업'을 갖게 되는 것. 도시든 시골이든 한국이든 외국이든, 세상 어디에 떨어뜨려 놓아도 우리만이 할 수 있는 일을 찾는 것. 그것은 젊으니까 한 번쯤 해볼 수 있는 것. 일종의 실험이다. 자발적인 가난이다.

기대치를 낮추면 처음에는 허무해지다가 글쎄, 왜인지 용기가 생긴다. "굶어 죽을 일은 없겠지." 아버지의 문장은 내내 가슴 한 켠에 남아 묘한 희망을 주는 말이 되었다. 굶어 죽지만 않으면 돼, 굶어 죽지만 않으면 된단다.

굶어 죽지 않으려는 첫 번째 노력은 이미 시작되었다. 농어촌민박사업. 농어촌에 거주하는 이들에게 부수입을 제공하려는 목적을 가진 농어촌민박사업 제도는 간단한 신고만으로 군에서 민박 허가를 받을 수 있는 제도다. 몇 가지 조건만 만족하면 된다. 위채와 분리되어 있는 작은 아래채를 따로 고쳐 여행객에게 빌려주기로 했다. 그것으로 최소한의 생활비를 마련한다. 그리고 높은 마루 밑의 공간, 그 옛날 외양간으로 쓰던 창고를 둘이 고쳐 작업실로 꾸몄다. 이곳에서 남편은 몇 가지 물건을 만들기 시작했다. 그는 손으로 물건을 만들고, 나는 약간의 글을 쓰고, 함께 맛있는 것을 만들어 먹고, 몇몇 사람들을 맞이하며 이어가는 단순한 생활. 그것이 우리의 일상이 될 것이다. 대체 거기서 뭐 먹고 사냐는 무례한 호기심에 이젠 속 시원히 대답하리.

"뭐 먹고 사냐고요? 따뜻한 밥 먹고 잘 살고 있습니다만."

왕초보
운전
도전기

　　평온한 일상이 이어지는 가운데 자랑거리가 생겼다. 동
네 친구가 나타났다! 이것은 붉은색의 볼드체로 써야 할 문장이
다. 붉게 적어두고 크게 외칠 만한 사건이다.

　　"동네친구가! 생! 겼! 습! 니! 다!!!"

　　알게 된 지도 얼마 안 됐고 만난 횟수는 손가락에 꼽을
정도라서 '친구'라 칭하기는 뭐하지만, 그래도 이 작은 시골 마을
에 비슷한 또래가 산다면 얼마쯤은 편하게 친구라고 칭하고 싶어
지는 것이다.

이곳은 노인들이 사는 작은 마을. 뒷집에서는 1920년대에 태어난 할아버지가 짱짱하게 고함을 치고, 지금도 거뜬히 밭일을 해내는 옆집 할머니는 우리 부모님의 나이를 묻더니 "하이고야~, 아직 아가들이다. 내가 칠십만 됐어도~"라며 지나간 세월을 한탄했다. 그런 마을 한가운데에서 섬처럼 지내던 우리는, 걸어서 5분 거리에 우리와 같은 젊은 섬이 있다는 걸 지난 반년 동안 모르고 살았다. 동네친구 부부는 우리와 몇 가지 공통점이 있었다. 고양이를 좋아하고 둘이서 칩거하기를 즐긴다는 것, 동네 사람들과 친해지려 딱히 애쓰지 않는다는 것, 뭐하던 사람이냐는, 여기서 뭐 먹고 사냐는 질문을 싫어한다는 것 정도. 무엇이 더 필요한가. 이것이면 충분하지 않겠는가.

아무튼 부부를 알게 되고 가장 충격을 받았던 부분이 조금 엉뚱한데, 동네친구 남편이 최근 쯔쯔가무시 병에 걸렸다 나았다는 것이었다. 그 얘기를 듣고 그녀의 블로그에서 자세한 이야기를 읽게 됐다. 신기한 이름의 그 병에 걸리는 사람이 실제로 있다는 것도 놀라웠지만 내 마음을 사로잡은 부분은 따로 있었다. "점점 더 심해지는 두통과 오한을 견디다 못해 12시가 되기 직전 응급실행을 선택했고 나는 순천의 성가롤로병원으로 한밤의 레이싱을 해야 했다."

그녀가 쓴 글을 읽고, 그날 밤 자려고 누웠는데 눈이 말똥말똥, 같은 생각이 머릿속을 굴러다녔다. '만일 내 남편이 많이 아프면 누가 응급실로 한밤의 레이싱을 하지? 여긴 우리 둘뿐인데….' 엉뚱한 데 꽂혀 상상의 나래를 펼치다 보니 엉뚱한 결론에 도달했다. 이젠 나도 운전을 해야만 한다는.

운전면허를 취득한 건 2012년 초. 회사를 옮기면서 얻게 된 한 달 휴가 동안 무얼 할까 고민하다가 이참에 면허나 따자 싶었다. 당시에도 언젠가 시골에 가서 살아보고 싶다는 막연한 계획이 있었고, 시골에서 면허가 없으면 곤란할 거라는 생각이었다. 서른한 살이었던 나는 고등학교를 막 졸업한 띠동갑 개띠들과 함께 수업을 듣고 도로주행을 연습했다. 시험 결과는 70점. 턱걸이 합격이었다. 그러곤 5년 동안 운전대를 잡지 않았으니, 수십만 원의 학원비를 내고 한 장의 신분증을 얻은 셈이다.

할 수만 있다면 운전이라는 것은 평생 안 하고 살고 싶다. 사실은 보조석에 앉아 있는 것조차 두렵다. 하지만 시골에서 운전을 안 한다는 건 고립을 택하는 일이므로 올해 이루고 싶은 일들 중 가장 윗줄에 운전 연습을 적어두었다. 남편은 자꾸만 직접 운전해서 서울에 한 번 다녀오면 실력이 크게 늘 것이라고 나를 격려하지만, 나는 그런 식으로 이번 생을 마치고 싶진 않다.

욕심 부리지 말자, 조금씩 해보면 나아질 거야, 라며 결국 동네 입구에서부터 면소재지까지 운전을 해보기로 했다. 좁은 시골길이라서 중앙선도 없고, 맞은편 차들은 나를 덮칠 기세로 빠르게 달려오고, 무엇보다 큰 문제는 내가 운전하는 차가 속수무책으로 느리다는 것. 몇 대의 트럭이 나를 추월해 달려 나가고, 옆자리에 앉아 있던 남편은 그만 할 말을 잃어버린 얼굴로 버버거렸다. 억겁의 시간처럼 느껴진 단 5분의 드라이빙. 다음 도전 과제는 면소재지부터 읍내까지 나가보는 것. 또 몇 대의 차를 분노하게 할지, 남편은 과연 그때도 인내심을 발휘해줄지 모르겠지만 뻔뻔하게 힘을 내보기로 했다. 첫술에 배부를 수는 없지 않은가!

사색은
아무나 하나

알고는 있어도 제대로 알지 못한 단어가 많다. '사색'이라는 말을 나는 한 편의 영화에서 배웠다. 〈카모메 식당〉으로 국내에서도 꽤 두터운 팬덤을 형성한 오기가미 나오코荻上直子 감독의 2007년작 〈안경〉. 휴대전화도 터지지 않는 조용한 섬으로 홀로 여행 온 주인공 타에코는 섬사람들의 생활에 적잖은 충격을 받는다. 간소한 식사와 별일 없는 일상 그리고 요상한 체조! 그중에서도 그녀를 가장 의아하게 했던 건 늘 사색하는 그들의 태도였다. "사색하는 건 이 동네의 습관 같은 건가요?"라고 묻자 민박

집 주인은 갸우뚱하며 답한다. "그렇게 대단한 건 아니에요. 몸에 밴 거죠." 사색이라는 걸 해보려 노력해도 잘 되지 않자, 그녀는 다시 묻는다. "저… 사색하는 데 어떤 요령 같은 게 있나요?" 그가 다시 답한다. "옛 추억을 그리워한다든지 누군가를 떠올려본다든 지 하는 거죠. 저의 경우 여기서 그저 차분히 기다릴 뿐이에요. 흘러가버리는 것을."

몇 해 전, 무언가에 홀린 듯 자꾸만 제주로 향하던 시절이 있었다. 시간만 나면 가방을 둘러메고 비행기를 탔다. 시간이 안 날 때면 1박 2일의 짧은 일정으로 무리해서 내려갔다. 제주 공항이 용산역만큼이나 익숙해질 즈음, 제주행을 멈추고 서울살이를 접었다. 그 시절 제주에 대하여 가장 선명하게 남은 기억은 소문난 맛집도 관광지도 아니다. 게스트하우스 마당에 놓인 낡은 캠핑 의자에 가만히 앉아 있던 시간. 널찍한 마당과 건넛집 지붕, 저 멀리 보일까 말까 하는 바다의 파도, 구름과 해가 시간에 따라 어딘가로 흘러가는 모습을 바라보는 것만으로도 좋았다. 지금 돌이켜보면 단순히 서울 생활에 지쳐서 그랬던 건 아니다. 당시는 최대한 열정적으로 나의 일을 즐기던 때였고 금전적인 어려움도 없었으며 주변 사람들과의 관계도 만족스러웠다. 다만 내게는 '가만히 있는 시간'이 필요했던 것 같다.

저명한 심리학자 칼 구스타프 융Carl Gustav Jung은 말했다. "세상에는 완전히 외향적인 사람도, 완전히 내향적인 사람도 없다. 그런 사람이 있다면 그는 정신병동에 들어가야 할 것이다." 누구에게나 외향적인 면과 내향적인 면이 공존하는데, 사회에서 소비되는 건 대체로 외향적인 쪽이다. 사회가 원하는 게 그런 거니까. 원기왕성하고 사교적이고 적극적이고 강하게 주장하고 스포트라이트 받는 것을 익숙하게 여기는 사람들이 성공하기 좋은 세상인 것이다. 반면 우리 모두의 내향성은 대체로 외면받아 왔다. 수전 케인Susan Cain은 자신의 책 『콰이어트Quiet』에서 생각보다 많은 사람들이 내향적이지만 그들 중 대부분이 이를 숨긴 채 살아간다고 말한다. 그리고 그들을 가리켜 '가면 쓴 내향인'이라고 칭했다. 어디에서든 외향의 가면을 쓰고 타인에게 들키지 않고 지낼 수 있다는 것이다. 타인은 물론이고 심지어 자신마저 속이다가 뭔가 큰 사건이 일어난 뒤에야 퍼뜩 자신의 참된 성향을 재고해보게 된다는 것이다.

나의 경험에 빗대어 말하자면, 사회에서 외향적인 기질을 최대한 사용한 뒤 지쳐버리면 동굴로 들어가는 편이었다. 나의 동굴은 대체로 소설을 읽는 일이었고, 공원을 산책하는 일이었고, 어둠 속에서 눈을 감고 같은 기도를 반복하는 일이었고, 선

베드에 가만히 누워 파도소리를 듣는 일이었다.

　　영화 〈안경〉에서 사색의 재능을 묻는 그녀에게 말해주고 싶다. 사색에 필요한 것은 재능보다는 역시 자연이 아닐까 한다고. 흰 벽을 앞에 두고 생각에 잠기는 건 사색이라기보다는 명상에 가깝다. 살아 있는 고요한 것들, 즉 바다나 산, 매일 다른 모습으로 떴다가 매일 다른 색채를 품고 지는 해를 가만히 보고 있으면 자신도 모르게 고요해진다. 바다와 산과 하늘뿐이겠는가. 베란다에 놓인 작은 화분의 풀잎도 우리를 치유한다. 다만 그것을 바라볼 잠깐의 시간이 필요할 뿐이다.

습관과
잡초

패션에디터였던 시절, 마감 마지막 날 즈음 한숨 돌릴 여유가 생기면 친한 동료들과 함께 길을 나섰다. 주로 회사 근처의 신사동 가로수길이 목적지였다. 수면 부족과 카페인 과다로 수척해진 좀비 꼴을 하고 이 가게 저 가게 돌아다니다 보면, 어느새 두 손 가득 쇼핑백이 들려 있었다. 적당한 가격의 옷이나 신발, 자잘한 액세서리 같은 것들이었다. 그쯤 되면 괜히 머쓱해 변명하기 시작한다. "이건 내가 산 게 아니야! 마감귀신이 산 거야!!" '신상'을 제일 먼저 만져보고 촬영하는 일을 하다 보니 이런 쇼핑

욕구는 당연한 것이라고 생각했었다. 그런데 그게 아니었다는 걸 얼마 전에 비로소 깨달았다.

　　오랜만에 짧은 패션 기사를 쓰게 된 때였다. 따로 촬영이 필요하지 않은, 텍스트 위주의 기사를 시골 새댁이 감히 쓰게 된 것이다(할렐루야!). 1년 8개월 만에 에세이가 아닌 트렌드 기사를 쓰다 보니 처음에는 두근두근하다가 곧 눈앞이 아득해졌다. 이전엔 매일 자연스레 접하던 것들이 어느덧 먼 나라 이야기가 되어 있었던 것이다. 하나부터 열까지 조사해야 했다. 고작 두 쪽짜리 기사였는데 자료 조사에만 이틀이라는 시간이 걸렸다. 자료 수집을 끝내고 원고를 뿌리고(대략의 글의 흐름을 잡아 문장의 연결을 신경 쓰지 않고 주르륵 나열하는 일), 반나절 동안 글을 다듬고 있었다. 바로 그때였다. 갑자기 너무나 강렬한 쇼핑 욕구에 휩싸였다. 그것은 거부할 수 없는 강도의 것. 즐겨찾기 목록을 열어 전에 눈여겨보았던 물건을 찾아 나섰다. 별로 대단한 것도 아니었다. 면으로 만든 키친크로스 두 장. 귀여운 앵두와 밤비가 그려진 것이었다. 장바구니에 담고, 결제에 성공했다. 순식간에 벌어진 일. 잠시 멍하니 모니터를 바라보다가 대체 이게 뭔가 싶어졌다. 그렇다. 그 시절의 스트레스 해소 방법이 본능적으로 다시 등장한 것이다. 그것은 덜 녹은 땅을 뚫고 올라오는 잡초만큼 질기

고 강한 것, 우리가 습관이라고 부르는 것이었다.

시골에 살게 되면서 크게 달라진 점 중 하나는 수면 습관이다. 저녁을 만들어 먹고 치우고 앉아 있다 보면 곧 잠이 쏟아지고, 조금 버티다가 결국 일찍 잠자리에 들게 된다. 그리고 또 한 가지. 새벽에 꼭 한 번씩 잠에서 깨 화장실에 간다는 것. 새벽 5시 혹은 6시 즈음 잠에서 깨 말똥말똥해지고, 화장실에 다녀오면 다시 잠들기 위해 애쓰다가 다시 몇 시간 더 잔다. 그렇게 느지막히 일어나면 매우 피곤해진다. "이건 뭔가 잘못됐어. 대체 왜 자꾸 새벽에 깨는 거지?" 우리 둘의 자리를 바꿔보거나 침구를, 침대 머리의 방향을 바꿔도 보았지만 달라지지 않았다. 그러던 어느 날 깨닫게 되었다. 이것 역시 습관에서 비롯된 일이라는 것을. 10시나 11시에 잠자리에 들었다면 대여섯 시쯤 잠에서 깨는 게 당연하다. 그저 때가 되어 자연스럽게 눈이 떠진 것인데, 나는 일찍 일어나는 게 억울해서 억지로 다시 잠자리에 들곤 했다. 아침에 일어나기 싫어 억울해하던 감정조차 습관이었던 것이다!

아마도 유치원 입학하던 첫날부터 작년까지, 그러니까 30년 가까이 아침마다 겪어온 힘겨운 아침 기상, 그 억울함을 쉽게 떨칠 수 없었던 모양이다. 우리가 시골에 내려와 결심한 것 중 하나는 알람을 맞추지 않는 일. 특별한 약속이 없는 한 깰 때까지 자유롭게 잠자는 것이었다. 그런데 이제 알겠다. 이것은 진짜 자유가 아니라는 것을. 일어나고 싶을 때 일어나는 것이 반드시 늦게까지 자는 것과 같은 의미는 아니라는 것을 깨달았다. 늦게까지 자야 한다는 강박은 아침 일찍 일어나야 한다는 강박보다 더 몸을 피곤하게 한다는 것도.

오늘 아침, 남편은 조깅하러 나가고 나는 조금 더 누워 있다가 한 가지 다짐을 해본다. 내일은 눈이 떠지면 일어나서 커피 한 잔 마셔야지. 그리고 책을 조금 읽다가 해가 뜨면 마당에 나가보자. 아직도 죽은 것처럼 누런 잔디 사이를 비집고 올라오는 잡초를 뽑으러!

천 원만
깎아주소

시골에 산다고 하면 사람들이 흔히 떠올리는 이미지가 있다. 푸른 잔디밭, 마당에서 지글지글 구워 먹는 바비큐, 계절마다 아름답게 피어나는 꽃과 나무들, 툇마루, 예쁜 바구니 같은 것들. 그리고 시골 생활자라면 응당 집 앞 텃밭을 일궈 채소를 수확하고 나무에서 과일을 따 먹을 거라고 생각한다. 하지만 로망과 현실 사이에는 언제나 깊은 강이 흐르는 법. (결론부터 말하자면 우리도 대부분의 식재료는 사먹습니다.)

어떤 날은 〈삼시세끼〉 농촌편을 보며 괜스레 투덜거렸

다. 텃밭 채소를 수확하는 장면은 나오는데 왜 거름 주고 심고 약 뿌리고 잡초 뽑는 장면은 나오지 않는가. 저들은 지금 막 밴을 타고 시골집에 도착했는데 어째서 텃밭에는 싱싱한 채소가 저절로 자라고 있지? 이런 의문을 갖다가 더 나아가 누가 평소에 저 채소들을 가꾸는가 궁금해지고, 막내 작가의 고충을 상상하며 연민하는 데에까지 생각이 이르고 마는 것이다. 아아, 깊이를 가늠할 수 없는 오지랖이여!

아무튼 하려던 얘기는 그게 아니고, 사는 곳이 바뀌었다고 해서 사람이 쉽게 변하진 않는다는 것이다. 라이프스타일이 어디 그리 간단하게 바뀌겠는가. 변명하려는 건 아니지만 초보에게는 언제나 충분한 시간이 필요하다. 이곳으로 이사한 첫해에는 텃밭은커녕 식재료는 주로 마트에서 샀다. 시골에서 웬 마트냐고? 읍에 있는 작은 마트에서 주로 식재료를 사고 한 달에 한두 번은 30분 정도 차를 타고 시내로 나가 대형마트에서 장을 봤다. 하동오일장과 구례오일장, 광양옥곡오일장에 가긴 했지만 주로 놀러 가서 구경만 하는 식이었다.

시골에서만 경험할 수 있는 매우 재미있는 일 중 하나가 바로 오일장 구경이다. 덩그러니 비어 있던 넓은 터에 5일에 한 번씩 장이 서는 풍경, 새벽부터 보따리장수들이 와글와글 모여들

대파뿐 아니라 토마토와 무와 시금치와 봄동에서
기적의 맛을 경험한 우리는 오일장에서 식재료를 사기 시작했다.

어 각자 좌판을 벌이는 장면은 그야말로 장관이다. 왕만두와 도 나쓰(도넛이라고 쓰면 어쩐지 느낌이 안 산다), 번데기도 사먹을 수 있고, 예쁜 바구니도 살 수 있으며, 제철을 맞은 식재료를 구 경하는 재미도 쏠쏠하다. 하지만 우리는 그곳에서 쉽사리 식재료 를 사지 못했다. 정량의 물건을 깨끗하게 포장해 100그램당 가격 을 붙여둔 마트 물건에 익숙했던 우리는 오일장의 푸짐한 바구니 가 부담스러웠다. 가격을 묻는 소심한 서울말에 돌아오는 투박한 대답에도 의구심이 들었다. 어쩐지 우리만 바가지를 쓰는 것 같 은 근거 없는 의심. 장터의 인심이란 '할인'이 아닌 '덤'인데, 그것 또한 우리 같은 2인 가족에게는 부담이었다.

그러던 어느 날 오일장에서 일어난 일이다. 너무나 싱싱 해보이는 대파가 있어 어렵게 입을 뗐다.

"할머니, 이 대파 얼마예요?"

"이거 진짜 좋은 파야. 내가 키운 거야. 이런 거 써야 돼."

할머니는 동문서답하셨고 대파는 이미 검은 봉지에 담 겼고 당황한 나는 어쩔 수 없이 돈을 지불했다. 대형마트보다 훨 씬 비쌌던 대파. 그런데 집에 와 강매당한 그것을 다듬다가 깜짝 놀랐다. 이전에 사던 대파와는 전혀 다른 향이 아닌가. 눈물 콧물 흘리며 파를 썰다가 나는 문득 '푸드 마일리지'라는 단어를 떠올렸다. 푸드 마일리지란 식품의 생산에서 소비자의 섭취에 이르기까지 소요된 총거리를 뜻한다. 식품이 생산되고 운송되고 여러 유통 단계를 거쳐 식탁에 오르기까지의 그 길고 긴 여정. 생각해보면 농장에서 물류창고를 지나 대형마트를 거쳐 내 손에 들어온 것과 할머니 밭에서 오늘 아침에 수확한 것은 그 맛이 다를 수밖에 없다. 대파뿐 아니라 토마토와 무와 시금치와 봄동에서 기적의 맛을 경험한 우리는 오일장에서 식재료를 사기 시작했다.

사실 푸드 마일리지를 더 줄여 'From farm to table(농장에서 테이블로)'을 실천하려면 역시 텃밭을 만들어야 한다. 우리 집 안채 뒤편에는 이전 주인들이 텃밭으로 가꾸던 공간이 있는데, 그것을 못 본 척 시침을 떼고 산 지 벌써 1년이 다 되어간다. 어느 날 문득 생각했다. 올해부터 텃밭을 가꿔보면 어떨까? 우선은 내 힘으로 할 수 있는 선에서 조금만 시작해보기로 했다. 특별히 즐겨 먹는 작물 몇 가지를 키우되, 키우기 쉬운 작물 몇 가지를 포함시킬 것이다. 그래야 금방 절망하지 않고 조금씩 성취감을 느낄 테니까. 아아, 그전에 우선 척박한 땅을 뒤집어엎어 일구는 단계에서 포기하지만 않는다면 말이다. (텃밭 일구기에 관한 자세한 이야기는 PART 4에서 만나요!)

귀촌인을
조심하세요

우리가 귀촌의 뜻을 밝혔을 때, 앞서 내려와 구례에 살고 있던 젊은 부부가 우리에게 지나가듯 했던 조언은 뜻밖이었다. 원주민들보다는 귀촌인들을 더 조심해야 한다는 것이었다. 그 설명에는 '부심'이라는 요즘 시쳇말이 덧붙었다. 그들이 설명한 '귀촌 부심'이란 이런 것이다. 귀촌 인구 중 대부분은 우리보다 나이가 훨씬 많은 이들. 은퇴 이후 제2의 인생을 시골에서 다시 시작해보리라 마음먹고 내려온 중년이 많다. 그들은 적지 않은 돈을 투자해 땅을 사고 집을 짓고 농사를 준비하는데, 꽤 오랜 시간 동안 많은 준비를 거쳤을 테고 그 과정에서 다양한 자신감이 생긴 경우가 많다. 사회에서 경험했던 성과와는 또 다른 성취감을 맛보았을 것이다. 나 홀로 이 먼 타지에서 이만큼 일구었다 하는, 그것이 바로 '귀촌 부심'이다.

모두 차치하고라도, 그 나이대 사람들 대부분이 저지르는 실수가 충고다. 사회에서 그들의 마지막 위치는 아마도 꽤 높은 위치, 관리자의 입장이었을 테니 자신의 경험에 비추어 충고하는 것이 그들이 인간관계를 맺는 나름의 방식인지도 모른다.

어느 날 낯익은 얼굴이 우리 집 초인종을 눌렀다. 근방에 집을 짓고 있는 P였다. 근처 대도시에 살다가 몇 년 전 이곳으로 귀촌했다는 P는 우리 땅의 경계를 측량하는 날 느닷없이 우리 집을 방문해 안면을 튼 사람이었다. 그날도 느닷없이 초인종을 누른 불청객은 집 안 곳곳을 둘러보기 시작했다. 땅값이나 공사비를 꼬치꼬치 묻는 태도가 너무나 자연스러웠고, 자신이 아는 지식을 총동원해 집을 평가하기에 이르렀다. 그리고 이어지는 다음 순서는? 어김없다. 충고다.

귀농지원금은 받았느냐, 지원금을 받으려면 군에서 하는 농업 교육을 받아야 한다, 당장 농사지을 계획이 없더라도 일단 땅을 몇 평쯤 빌려둬라 등등의 말이 그의 입에서 쏟아져 나왔다.

우르르 쏟아져 나와 우리 집 거실의 공기 속을 부유하는, 배려를 가장한 강요 혹은 알은체.

조언에는 언제나 공식이 뒤따르고, 공식은 대개 무례하다. 시골에 내려왔다면 응당 무엇무엇 해야 하지 않을까요? 하는 식이다. 나는 전혀 고려한 적도 없는, 원하지도 않는 생각의 씨앗이 마음에 심어져버린다. 그러면 그것에 신경이 쓰이기 시작한다. 그렇기 때문에 그것은 무례한 일이다. 그것은 질문이 아니라 강요이고 힐난이다. 왜 이렇게 아무것도 안하고 있는 것이냐고 따져 묻는다.

귀촌한 사람들 모두 같은 길을 걷고, 같은 어려움을 겪을 것이라는 생각은 오산이다. 귀촌은 하나의 길을 의미하지 않는다. 각자 제 갈 길을 모색하면 그만이다. 서로 도울 것이 있으면 돕고 나누고 감탄하는 것만으로 충분하다는 생각이다. 모두 같은 길을 간다면 도시에서 모두 같은 방향으로 내달리던 출근길과 다를 것 없지 않겠는가.

내가 좋아하는 이야기 중 하나. 옛날 대부호가 가난한 사람으로 변장해 고급 레스토랑에 간다. 단골 가게였지만 감쪽같은 변장 때문인지 정체는 탄로 나지 않았다. 문전박대 당하기 직전, 그는 변장을 벗고 자신이 누구인지 밝힌다. "이봐~, 나야, 나라고!" 그러나 레스토랑 주인은 "당신이 누구든 상관없소. 거지 차림을 하면 누구든 거지입니다"라고 말하며 그를 내쫓는다는 이야기. 당신이 원래 어떤 사람이었든 지금 당신의 모습이 바로 당신 자신이라는 이야기다.

귀농, 귀촌한 사람들이 모인 자리를 좋아하지도 않고, 갈 일도 거의 없지만 어쩔 수 없이 참석해보면 그들이 서로 주고받는 얘기 중 가장 흔한 것이 바로 "내가 도시에서 있을 적엔~" 하는 식의 이야기다. 당신이 어떤 회사에 다녔든, 어떤 직책으로 은퇴를 했든 어쩌란 말인가! 우리는 모두 이 산골에서 같은 볕을 즐기며 가난을 자처하고 있는데 말이다!

깊은 산속
민박집
누가 와서 쉬나요

우리 집에 찾아오는 손님들은 대략 두 부류로 나눌 수 있을 것 같다. 첫 번째는 시골에서의 삶이 궁금해서 찾아오는 사람들. 그들은 적극성에 따라 또 한 번 나뉜다. 하룻밤쯤 머물러보면 어떨까? 하는 이들이 있다. 막연한 호기심을 확인하기 위한 체험 학습이랄까? 그보다 더 적극적으로 다가오는 이들도 있다. 대체로 우리 또래의 부부들이다. 그들은 비슷비슷한 질문을 건넨다. 이런 집을 대체 어떻게 구했느냐, 얼마 주고 샀느냐, 어떻게 여기 와서 살 생각을 했느냐, 먹고살 만하냐 등의 물음. 우리는 대체로 웃으며 얼버무린다. 그런 식의 짧은 대화로 말할 수 있는 것들이 아니기 때문이다.

두 번째 부류는 말 그대로 쉼이 필요해 떠나온 사람들이다. 도시에서의 생활에 지쳐버린 그들은 작은 방에 숨어들어 고양이처럼 웅크린다. 텔레비전도, 책상도, 컴퓨터도, 부엌도 없는 텅 빈 방은 그들에게 최상의 휴식 공간일 것이다. 그들은 높은 마루에 올라 앉아 멍하니 먼 산을 바라보거나, 방바닥에 누워 천장 나무의 옹이를 세거나, 팔을 휘적거리며 동네를 걸어 다닐 것이다. 시시각각 관찰하진 않았으니 어디까지나 나의 추측일 뿐이지만 분명한 건 그들이 매우 고요한 시간을 보내고 돌아간다는 것이다. 나는 이 같은 부류의 손님들을 특히 좋아하고 연민한다.

어느 연말, 한 젊은 남자가 홀로 우리 집을 찾아 일주일 동안 머물고 돌아갔다. 호리호리한 체형에 단순한 옷차림을 한 그는 발걸음마저 사뿐했다. 그가 우리 집에서 내는 소리라고는 마루에 앉아 드르륵드르륵 커피 원두를 가는 소리뿐이었다(그는 그라인더와 원두, 드리퍼를 가져와서 직접 커피를 만들어 마셨다). 우리는 서로 말을 걸지 않았다. 오가며 마주쳐도 그저 웃으며 인사를 건넬 뿐이었다. 그가 고요한 시간을 원한다는 것을 느낄 수 있었다. 어떤 날엔 현관 문고리에 귤이 담긴 검은 봉지가 걸려 있기에 맞나게 얻어먹었다. 마지막 날, 또 쉬러 오겠다며 떠난 그는 아직 소식이 없다. 쉬러 올 일이 없다는 건 그에게 좋은 일일 거라고, 나는 희미하게 안도할 뿐이다.

대봉감이 주렁주렁 열린 계절엔 모녀 손님이 우리 집을 찾았다. 나보다 두 살 많은 딸과 그녀의 어머니는 우리 집에서 네 밤을 묵었다. 마루에서 차 마시는 자리에 초대받아 이런저런 이야기를 나누다가 집에 들어와 가만히 앉아 있다 보니 밖에서 희미하게 기타 소리가 들렸다. 들키지 않도록 조용히 창문을 열었다. 딸이 아니라 어머니다. 어머니의 기타 소리를 귀동냥했다.

딸은 건강 문제로 지난여름 힘든 시간을 보냈다고 했다. 그래서인지 모녀는 요양하듯 천천히, 5일의 시간을 흘려 보냈다. 고요한 일상에도 기적은 찾아온다. 모녀는 평소 좋아하던 시인을 식당에서 우연히 만나 그의 집에 초대받기도 하고(그는 우리 동네 근처에 산다), 산길을 굽이굽이 들어가면 찾을 수 있는 수도원을 발견하곤 주말 아침 그곳을 다시 찾아 미사를 드리기도 했다. 나는 그녀의 건강을, 그녀는 우리의 안녕을 기원하며 헤어졌다. 처음 만났는데도 이렇게 누군가를 걱정하고 축복하는 마음을 가질 수 있구나 신기해하면서 떠나는 차를 한참 동안 바라보았다.

어느 늦여름에는 우리 부모님과 비슷한 연배로 보이는

부부가 오셨다. 조용히 책을 읽으러 오셨다는 두 분. 시외버스를 타고 서울서 하동까지 먼 길을 온 목적은 박경리 문학관이라 하셨다. 두 분은 오후의 외출을 제외하고는 2박 3일 내내 마루에서 책을 읽거나 조용히 대화하며 시간을 보내셨다. "행복하게 지내시기를 바랄게요"라며 떠나신 두 분이 남긴 자리는, 이틀 전 내가 청소해둔 모습 그대로였다. 지난 3일간 부부의 방이었던 공간을 둘러보며, 나는 부끄러워졌다. 처음 민박집을 열었을 때의 마음가짐이 떠올랐기 때문이다. 고백하자면 젊은 손님들만 받고 싶었다. 나이 많은 손님들은 응대하기 까다로울 것 같아서였다. 요구 사항이 많을 것 같기도, 시끄러울 것 같기도 했다. 그러나 겪어보니 매너는 나이나 겉모습과는 전혀 상관없는 것이었다.

다양한 사람을 많이 만나면 사람 보는 능력이 생길지도, 어떤 사람인지 파악하는 눈이 더 예리해질지도 모른다고 생각했다. 오산이었다. 한눈에 어떤 이를 파악하려는 노력이 얼마나 헛되고 미련한 것인지, 오만한 생각이었는지 깨달았을 뿐이다.

도시에서의 생활에 지쳐버린 그들은 작은 방에 숨어들어
고양이처럼 웅크린다. 텔레비전도, 책상도, 컴퓨터도, 부엌도 없는
텅 빈 방은 그들에게 최상의 휴식 공간일 것이다.

PART 4 　　가꾸다

어느 식물
살해 전과자의
고백 1

　　일본 드라마 〈빵과 수프, 고양이와 함께하기 좋은 날〉에
등장하는 아르바이트생 시마짱. 그녀는 꽃을 좋아한다. 좋아할
뿐 아니라 잘 가꾸는 능력도 가졌다. "집에 화분이 가득해요. 예
전부터 이웃집 사람들이 시들 것 같으면 언제나 저희 집에 가져
왔어요. 지금도 위층에 사는 분이 부탁해서 가끔씩 화분을 받아
오고 있어요." 그 비결이 뭐냐고 묻자 그녀는 답한다. "그저 평범
하게 물을 주고 있을 뿐인걸요."

　　흥, 거짓말이다. 평범하게 물을 주는 것만으론 부족하다.

나로 말할 것 같으면 시마짱과는 정반대의 인간형. 내가 키우는 식물은 꽃을 피우기는커녕 잎을 모두 떨구고, 썩은 줄기와 커다란 화분만 덩그러니 남기곤 했다. 희망을 품고 꽃시장에서 새 화분을 사다가 집 어딘가에 놓는 것으로 시작되는 이야기는 늘 낑낑거리며 아파트 관리실 옆에 빈 화분을 내놓는 것으로 마무리되었다. 식물 살해 전과는 쌓여만 가고, 그러다가 식물 키우기를 아주 포기해버리고 말았다. '역시 식물을 키우는 데에는 어떤 특별한 능력이 필요한 게 아닐까? 내 손에는 식물에게 해로운 에너지가 있는 것인가?'라며 좌절하게 된 것이다.

　　　그럴 때마다 할머니를 떠올렸다. 병을 얻어 21년 동안 당신의 작은 방에 머물다가 세상을 떠난 나의 할머니. 할머니는 내 나이 여섯 살에 쓰러지셨다. 어느 여름, 친구들과 외출한 뒤 집에 돌아와 피곤하다며 낮잠을 청했는데, 할머니는 그날 이후 다시는 두 다리로 일어서지 못했다. 내가 기억하는 할머니의 건강한 모습은 정원을 가꾸는 장면이다. 나 어릴 적 우리 집은 작은 마당이 있는 단독주택이었는데, 대문을 열고 들어가면 마당이 꽃과 나무로 가득했다. 꽃과 나무들은 할머니의 온 세계였다. 그것들을 가꾸는 것이 할머니의 즐거운 생활이었다. 그리고 그것들은 언제나 싱싱하고 건강한 모습으로 할머니에게 보답하곤 했다.

과꽃과 한련화, 깨꽃, 분꽃, 철쭉 등 화려한 꽃도 많았지만 가장 기억에 남는 것은 목련이다. 집 안에는 커다란 목련나무가 한 그루 있었는데, 목련이 만개하는 그 짧은 계절을 우리는 가장 사랑했다. 목련꽃이 지고 땅으로 떨어지면 마당을 지저분하게 만들어 늘 말썽이었지만, 할머니가 목련을 원망하거나 불평하는 모습은 본 적이 없다. 할머니는 찰나의 만개를 사랑할 줄 아는 여인이었다. 감정의 기복 없이 늘 차분하고 교양 있던 여인. 세상 떠나는 날까지 정신을 놓지 않았던 강한 여인. 60대 중반, 아직 너무 젊은 나이에 그만 나쁜 병에 붙들려 아파트의 작은 방 안에서 성경을 읽는 것이 온 세계가 되어버린 할머니.

내가 식물 살해범이라는 오욕(!)을 떨치고 다시 가드닝을 시작해보기로 결심한 것은 단지 누구에게 보여주기 위해서가 아니다. 그건 27년 동안 함께 살았던 나의 할머니에 대한 기억을 더듬는 일. 할머니처럼 좋은 마음을 가진 사람이 되려는 몸부림이다. 나의 첫 가드닝은 지금부터 내년 봄까지, 그 첫 학기를 시작한다. 며칠 뒤에는 오일장에 나가봐야겠다. 추식구근(가을에 심는 뿌리 꽃)을 심어 내년 봄에 정말로 땅을 뚫고 나오는지 한번 지켜볼 참이다.

어느 식물
살해 전과자의
고백 2

이 시국에 꽃 심는 이야기를 적으려니 마음이 무겁다. 말도 안 되는 일들이 벌어졌고 벌어지고 있다. 잘못 없는 시민들이 거리로 나가 추위에 떨며 촛불을 들고 있는데 나는 이곳에서 고작 꽃에 관한 이야기를 쓰고 있는 것이다. 그래도 글을 써야 한다, 마당으로 나가 꽃을 심자, 기도하는 마음으로 꽃밭을 일구자, 라고 마음먹고 곰곰이 생각해보니 고것 참 내가 좋아하던 표현이다. 루시드폴의 노래 〈오 사랑〉의 가사. "만 리 넘어 멀리 있는 그대가 볼 수 없어도 나는 꽃밭을 일구네." 너는 보지 못해도 나는 꽃밭을 일구겠다니! 이 얼마나 낭만적인 표현인가!라고 생각했다. 직접 꽃밭을 일구어보기 전까지는.

식물 살해범이라는 오욕을 떨치고 다시 가드닝을 시작해보기로 결심한 뒤, 가장 먼저 시도한 것은 추식구근을 심는 것이었다. 서울의 어느 편집숍에서 샀던 영국산 꽃삽을 들고 예쁜 앞치마를 둘러메고 가끔 홍차를 홀짝이며? 아무튼 뭔가 우아한 장면을 꿈꾸며 마당으로 나갔지만 이건 '우아'와는 거리가 먼 일이다. 퍼질러 앉아 몇 번이나 후비적거리며 땅을 파고 흙을 골라도 이 척박한 땅에서는 돌과 쓰레기와 잡초 뿌리가 계속 나왔다. '그대가 볼 수 없어도 나는 꽃밭을 일구겠다'는 표현의 진짜 의미를 깨달았다. 그것은 낭만적인 기다림이 아니다. 고단한 육체노동을 통한 마음 수련이랄까, 비움이랄까. 아무튼 호미 하나 들고 쪼그려 앉아 이틀 동안 땅과 싸우다 보니 마음이 초조하다. 구근 심을 때를 놓치면 어쩌나 하는 마음.

집을 지으며 건물 앞에 화단을 마련한 것은 우연한 일이었다. 땅을 파보니 커다란 돌이 많이 나왔고, 그것들을 둘 곳이 없어 건물 앞에 빙 둘러 쌓았다. 형태를 보니 화단으로 만들어도 괜찮겠다 싶어 뒷마당에 있던 흙을 옮겨 채웠다. 문제는 흙과 함께 딸려온 잡초 뿌리들. 불청객들은 새 집에 눌러 앉아 제 생명력을 뽑냈다. 처음에는 그냥 둬도 괜찮지 않을까? 생각했다. 잡초라 부르니 잡초인 것. 본래 저 흙은 저들의 것이 아니었나. 하지만 날이 갈수록 황량해지는 모습에 마음을 바꾸었다.

　　이미 고백했듯이 서울에 살 때 집 안으로 들이는 식물들은 한 해를 버티지 못하고 사망하곤 했다. 이곳으로 이사하면서 마음먹었던 것 중 하나가 나의 할머니처럼 식물을 즐겁게 가꿔보자는 것이었다. 이 같은 고민을 글로 썼더니 어떤 분이 블로그를 통해 귀띔해주셨다. "추식구근부터 도전해보세요. 실패 확률이 적어 즐거움을 맛볼 수 있을 거예요." 추식구근이란 가을에 심는 구근 작물을 일컫는다. 가을에 알뿌리 식물을 심으면 겨우내 땅 속에서 봄을 기다리다가 봄에 줄기를 올리고 꽃을 피운다.

　　땅이 고마운 것은 노동한 만큼의 결과를 보여준다는 점이다. 척박한 땅과의 오랜 사투 끝에 꽤 고운 흙을 만날 수 있었다. 이제 정원을 디자인할 차례. 심어둔 꽃이 모두 피었을 때를 상상해 위치와 구근의 양을 구성해야 한다. 온라인으로 내가 주문한 꽃은 키 작은 아이리스 에드워드, 흰색 아이리스 화이트 엑셀시어, 오렌지빛의 아이리스 브론즈 퀸, 프린지 형태의 핑크색 튤립 그리고 흰색 튤립 볼로열 실버였다. 읍에서 사온 퇴비를 섞고 구근을 심기 시작했다. 구근은 아기 엉덩이처럼 생긴 부분을 아래로, 뾰족한 부분을 위로 심는데, 윗부분이 반쯤 보일 정도의 깊이로 심는다. 노지에 심을 경우 땅의 온기를 방패 삼아 겨울의 추위를 견뎌야 하기 때문에 더 깊이 심는 것이 정석. 하지만 하동은 비교적 따뜻한 편이라서 읍내 꽃집 사장님의 조언에 따라 윗부분이 아주 빼꼼히 보일 정도로 심고, 더 추워지면 흙을 조금 더 덮어주기로 했다.

전문가의 조언에 따라 구근을 사서 심으면서도 내내 갸우뚱거렸다. 생각해보면 좀 이상한 일이 아닌가. 가을에 양파처럼 생긴 것을 심고 내내 맨땅으로 두었다가 짧게는 3개월, 길게는 5개월을 기다려 봄에 아주 잠깐 피는 꽃을 감상하다니, 그 얼마나 비합리적인 선택인가! 꽃이 활짝 피어 있는 화분을 사다가 관리만 잘해도 그 정도의 기간 동안 꽃을 감상할 수 있는데, 대체 왜? 이런 나의 질문에 대한 답은 다시 루시드폴의 노래 〈오 사랑〉으로 돌아가 찾을 수 있었다.

고요하게 어둠이 찾아오는 이 가을 끝에
봄의 첫날을 꿈꾸네
만리 넘어 멀리 있는 그대가 볼 수 없어도
나는 꽃밭을 일구네

가을은 저물고 겨울은 찾아들지만

나는 봄볕을 잊지 않으리

눈발은 몰아치고 세상을 삼킬 듯이 미약한 햇빛조차

날 버려도

저 멀리 봄이 사는 곳 오 사랑!

나무가
내게 건네는
말

    설 연휴가 끝난 어느 날, 동네 사람들이 분주해졌다. 약속이라도 한 듯 다들 밖으로 나와 감나무 가지를 잘라내기 시작했다. 절기만큼 정확한 촌부들의 습관에 감탄했다. 그렇다. 봄이 오고 있는 것이다. 이 집을 계약한 게 2015년 가을. 공사를 시작한 건 이듬해 4월이었다. 집을 설계하고 고쳐줄 사람을 찾고 계약하고 의논하는 사이 봄이 닥쳐왔다. 공사가 막 시작됐을 때였다. 반쯤 철거해 뼈대만 남은 집에 잠시 들렀을 때, 팝콘처럼 터져 있는 매화꽃을 보았다. 오랫동안 방치되어 있던 집 곁에 삐쭉서 있는 앙상한 나무를 전혀 의식하지 않았는데, 글쎄 그것이 저 홀로 만개한 것이다. 그리고 마침내 공사가 본격적으로 진행될 땐 꽃이 피었던 자리마다 작은 매실이 알알이 맺혀 있었다.

당시 매화나무의 생김새는 조금 거칠게 표현할 수밖에 없다. 제멋대로 마구 자라나 여기저기로 뻗은 가지들은 머리칼을 너울너울 산발한 미친년의 모습이었다. 왠지 막막해진 우리는 앞집 할머니를 초빙해 산발한 미친년을 진단해보기로 했다. 나무를 본 할머니의 입에서는 한마디 탄식이 흘러나왔다. "우야꼬~."

그 와중에도 나의 욕심은 과연 이 나무에서 매실을 따 먹을 수 있을 것인가 하는 문제로 향했다. 공사 인부들이 쉬는 날, 바구니를 들쳐 메고는 억척스레 매실을 땄다. 자잘하고 못생기고 상처도 많았지만 한 바구니 가득 딴 매실은 네 병의 매실 액기스가 되어 2년 동안 우리 집 집밥의 양념으로, 때때로 얹힌 속을 달래는 소화제로 제 역할을 톡톡히 했다. 그리고 다시 새봄을 앞두고 내 마음을 괴롭혔던 건 과연 매화나무 가지치기를 해야 하는가 하는 문제였다. 지난 봄, 마당에서 딴 매실로 매실청을 만들며 벅차오르는 뿌듯함을 경험했지만 한편 미안한 감정을 느꼈다. 내 손으로 돌본 적 없는 나무에서 과실을 딴다는 게 죄스러웠던 것이다. 거저 받는 것에 익숙하지 않은 불편한 마음 때문에 돌

연 저 나무를 가꾸고 싶어진 것인가. 단지 그 때문만은 아니다. 그 나무를 돌보고 싶어진 데에는 또 다른 이유가 있다. 그 나무 밑에서 우리 고양이가 잠자고 있기 때문이다.

　　꼬리가 없는 작은 고양이였다. 어떤 이유에선지 현금인 출기 밑에 숨어들어 지나는 사람들이 주는 음식을 먹으며 연명하다가 구출되어 '현금이'라는 이름을 갖게 된 녀석이었다. 현금이는 우리와 함께 산 지 두 해 만에, 하동으로 온 지 석 달 만에 무지개다리를 건넜다. 언젠가부터 밥을 잘 먹지 않고 자꾸만 살이 빠지는 녀석을 근처 시내 병원으로 데려갔다. 구내염인 것 같다는 진단. 한동안 약을 먹였지만 차도가 없었다. 살은 계속 빠지고 여전히 밥을 먹지 않고 여러 번의 구토를 한 현금이는 어느 밤 가만히 누워 조용히 숨을 거두었다. 짧고 조용한 싸움이었다. 처음으로 시골행을 후회했다. 서울에서 다니던 고양이 전문병원에서 치료받았다면 어땠을까 하는 후회. 곧 괜찮아질 거라고 여겼던 안이한 마음이, 직장생활을 할 때와는 달리 치료비 생각을 먼저 할 수밖에 없었던 나의 주저가 원망스러워 한참을 울었다. 울며, 차갑게 굳어버린 현금이의 몸을 닦고 깨끗한 천으로 염하고 상자를 만들어 담아 매화나무 밑에 묻었다. 오며 가며 큰 창을 통해 볼 수 있는 곳이었기 때문이다. 그 후로 남편과 나는 아침마다 나무를 보며 말을 걸었다. 춥지 않니, 현금아? 현금아, 현금아.

우리에게 그런 의미가 있는, 가장 소중한 나무를 어떻게 가꿀 것인가. 가지치기를 해야 하는가, 한다면 어떻게? 가장 쉬운 방법은 다시 할머니를 초빙하는 것. 할머니는 쳐내야 할 가지를 단번에 알아보는 수십 년 노하우를 가졌다. 마당에 열리는 과실을 내다 팔기 때문에 가장 효율적으로 키우는 방법을 아는 것이다. 또 다른 방법은 독학. 책과 인터넷에는 여러 전문가들이 각기 다른 방법을 소개하고 있었다. 한두 해 직접 해보면 시행착오를 겪고 우리만의 노하우를 갖게 될 것이다.

그러나 우리는 올해 가지치기를 하지 않기로 했다. 본디 가지치기란 우량 목재나 좋은 품질의 열매를 생산하기 위한 것. 결국 인간을 위한 것이 아닌가. 오랫동안 자연 상태로 자라 나름대로 꽃을 피우고 열매를 맺던 녀석을 그냥 두고 보기로 했다. 한 해 더 나무의 상태를 살펴 도울 일이 있다면 그때 손을 댈 생각이다. 만약 작년처럼 열매를 내어주는 친절을 베푼다면 현금이를 추억하며 감사히 먹을 생각이다. 헤르만 헤세Hermann Hesse의 말처럼 '나무들은 내재해 있는 고유의 법칙을 따르는 일을 위해 모든 생명력을 끌어 모아 분투'하니까. '아름답고 강인한 나무보다 더 성스럽고 더 모범이 되는 것은 없다'는 것을 믿으니까.

텃밭의
시작

어느 날 남편에게 물었다. 올해부터 텃밭을 만들어 가꿔
보면 어떨까? 그는 회의적인 입장이었다. 이런 결정을 할 때 우
리의 성향은 반대를 향하곤 한다. 남편은 이리저리 따져보고 결
정하는, 실리를 추구하는 사람. 그에 반해 나는 아무리 가보나 마
나 한 길이라 해도 호기심이 생기면 참지 못하고 첫걸음을 떼고
야 마는 사람이다. 남편이 돌다리를 건너기 전 조심스럽게 두드
려보는 동안 나는 이미 돌다리 중간쯤을 뛰어가고 있는 것이다.
'건너가 보면 알겠지'라고 생각하는 타입이랄까. 우리가 먹는 식

재료의 양을 대충 따져보아도 사먹는 게 낫다는 실리주의자의 결론을 뒤로하고 나는 '여기까지 와 살기 시작했는데, 해보고 싶은 건 다 해보고 말 거야!'라는 다짐을 품게 되었다. 나의 작정을 남편이 막을 수 없고, 나 역시 남편에게 하기 싫은 일을 강요할 수 없다. 결국 내 힘으로 할 수 있는 선에서 조금씩 시작해보기로 했다.

　　우리 집 뒤편에는 전 주인이 텃밭으로 가꾸던 공간이 있다. 말 그대로 손바닥만 한 땅. 지난여름에는 무성한 잡초가 모여 작은 숲을 이루었던 그 땅이 겨우내 얼어붙어 있다가 얼마 전 몇 차례 내린 봄비를 보약 삼아 다시 잡초를 생산하기 시작했다. 하룻밤 자고 나면 잡초가 두 배쯤 늘어나 있고, 비라도 내린 다음 날엔 한 뼘쯤 자라 무성해지니, 이젠 더 이상 지체할 시간이 없다!

　　나도 처음부터 텃밭에 관심이 있었던 건 아니다. 쪼그려 앉아 땅을 후비적거리는 일을 기꺼워할 사람이 어디 있겠는가. 텃밭 가꾸기에 대한 작은 호기심이 강한 열망으로 바뀐 건 한 손님 때문이었다. 2월 어느 날, 홀로 아래채에 하룻밤 묵으러 오신, 대학생 딸을 둔 어머니 손님이었다. 어떤 계기로 함께 식사를 하게 되었고, 대화하던 중 어머니에 대한 몇 가지 정보를 얻게 되었다. 얼마 전 퇴직한 분이라는 것 그리고 하동에 집을 구하고 싶어 홀로 여행을 오게 되었다는 것이었다. "결혼하고 얼마 안 되어 남편이 발령을 받아 강원도 어느 시골에서 몇 년 살게 됐어요. 이사 간 집 앞에 조그만 땅이 있었는데 거기에 텃밭을 만들었지요. 어느 날 장에 나가 삽, 호미 등을 사다가 돌밭이었던 땅을 일구고 씨앗과 모종을 심어 수확해 먹었어요." 벌써 20년 가까이 된 일인데, 마치 어제의 일을 회상하듯 눈을 반짝이며 말을 이어갔다. "새끼손가락만 한 오이가 열린 걸 발견했을 때, 그 기분은 말로 표현 못해요. 나중에 따서 먹어보면 맛은 또 얼마나 기가 막히던지. 지금 생각해보면 그 몇 년, 텃밭에서 시간을 보내던 그때가 내 인생에서 가장 행복했던 시절인 것 같아요." 그 몇 년을 지낸 뒤 지금까지 줄곧 아파트에 살았지만, 그 시절의 행복한 기억을 잊지 못해 다시 시골집을 찾는 중이라는 이야기였다.

손님의 이야기는 내 마음을 건드렸다. 그날 이후로 뒷마당의 그 손바닥만 한 땅이 신경 쓰이기 시작했다. 여러 날 고민 끝에 작은 텃밭을 만들기로 하고 가장 먼저 씨앗을 샀다. 오일장 한쪽 늘 같은 자리를 지키는 씨앗 아주머니를 찾아가 대파와 로메인 상추, 당근, 옥수수, 고수 등의 씨앗을 샀다. 씨앗으로 심으면 잘 안 난다, 비료를 안 뿌리면 제대로 안 자란다, 비닐 멀칭을 해야 한다 등등 다양한 정보와 주변의 조언이 있었지만, 나는 가장 단순하고 나다운 방식을 택했다. 한 권의 책을 맹신하기로 한 것이다. 책이 가르쳐주는 대로 우선 모종으로 키워 옮겨 심어야 하는 것과 씨앗 상태로 땅에 뿌려야 하는 것을 구분했다. 그리고 모종으로 키울 씨앗은 꽃 모종을 살 때 딸려 온 모종 포트에 흙을 채워 심었다. 거기까진 쉬웠다. 문제는 땅 준비하기다. 뒷마당에 나가 보니 한숨이 절로 났다. 전혀 관리되지 않은 땅을 어디서부터 손대야 할까. 둘러보고 한숨만 쉬고 돌아오기를 몇 날. 며칠 전 드디어 첫 삽을 떴다. 길지 않은 시간이었지만 즐거움을 느꼈다. 땅에 쪼그려 앉아 호미를 들고 후비적거리는 단순한 노동이 꽤 재미있었고, 무엇보다 냄새, 흙이 풍기는 냄새가 참 좋았다.

봄비 내리면 비 맞게 두고, 햇볕 잘 맞으면 언젠가 싹이 날 것이라 믿는다. 어디 싹뿐일까. 그 열매가 내 식탁 위에 오를 날을 꿈꿔본다. 나는 여전히 밭일 나가기 전 무엇을 입고 일할까 먼저 고민하는 이상한 초보지만, 자연은 언제나 제 일을 충실히 해낸다는 것을 이제는 안다. 지난 11월에 심었던 구근이 땅속에서 모진 겨울을 버티고 아름다운 튤립을 피워냈으니, 이보다 더 확실한 증거가 어디 있겠는가!

가뭄 끝에
비가 내린다

　　한여름 오후, 읍에 있는 목욕탕으로 향했다. 대중목욕탕
은 십수 년 만이었다. 탕 안에는 온통 노인들, 온몸의 살과 피부
로 중력의 존재를 증명하는 할머니들뿐이었다. 목욕관리사가 새
빨간 브라를 입고 손바닥을 탕탕 마주치고 있었다. 그녀의 머리
도 희끗했다. 내 몸 여기저기에 와 꽂히는 따가운 시선을 모른척
하며 후다닥 씻고 나오는 데 걸린 시간은 20분 남짓. 공중목욕탕
에 몸을 담그는 것을 즐기지 않는 내가 이곳을 찾은 이유는 가벼
운 샤워를 하기 위해서다. 집 수도 수압에 문제가 생겨 3일 동안

씻지 못한 탓이었다. 상수도가 닿지 않는 우리 마을은 지리산 골짜기에서 흘러오는 물을 사용하는데, 비가 오랫동안 내리지 않으면 마을 물탱크의 물이 바닥나 가끔 이런 일이 생긴다. 1년에 한두 번 벌어지는 참사. 아래채에 민박 손님이라도 있는 날에는 전전긍긍 잠을 이루지 못할 때도 많다. 위채에 비해 수압이 높아 손님들이 씻지 못하는 경우는 거의 없는데도 내 마음은 편치 않다. 문득 다시 실감한다. 나는 지금 비가 내리지 않으면 씻지 못하는 마을, 깡시골에 살고 있다.

한동안 땅이 쩍쩍 갈라지고 농부들의 한숨이 깊어졌다. 가뭄이었다. 그리고 오늘, 긴 긴 가뭄 끝에 몇 주 만에 내리는 비. 다운 비. 이런 단비가 내리면 온 동네가 고요해진다. 마당을 둘러보러 잠시 나갔다가 식물들이 행복해 내지르는 비명을 들었다. 나무나 꽃, 들풀도 제 있는 힘껏 자신의 기분과 상태를 표현한다는 것을 나는 시골에 내려와서 처음 깨달았다. 식물의 비명을 들을 수 있는 재능이 따로 있는 것은 아니다. 한동안 가물었다가 간만에 비 오는 날, 나무와 나무 사이에서 가만히 귀 기울이면 누구나 그 에너지를 느낄 수 있다. 물론 거기에는 몇 가지 조건이 필요할 것이다. 평소 그 나무를 자주 관찰한 사람일 것 그리고 누구보다 단비를 기다린 사람일 것.

가물어 온 동네가 버적버적 말라가는 동안 나는 부지런히 물을 날랐다. 아파트에 사는 이들처럼 수돗물을 주는 것이 아니라 산에서 오는 물을, 그것도 지리산이 베풀어준 물을 뿌려주는 것이니 빗물과 다를 것 없으리라 생각했다. 그 얕은 믿음이 틀렸다는 것은 비 내린 다음 날 증명된다. 온 세상 식물들이 새 생명을 얻은 것처럼 기지개를 펴고 단비를 반기는 장면은 놀라움을 넘어 어떤 배신감마저 느끼게 한다.

　　〈말괄량이 삐삐〉 중 에피소드 하나가 떠오른다. 꽤 귀여운 장면. 비가 많이 오는 날 화단에 물을 주고 있는 삐삐를 보고 지나가던 친구가 묻는다. "이렇게 비가 오는데 왜 꽃에 물을 주는 거야?" 그러자 삐삐가 답한다. "어젯밤 이 일을 얼마나 기대했는지 몰라. 비가 온다는 이유로 내가 좋아하는 일을 포기하진 않을 거야!" 어느 자기계발서는 이 장면을 인용해 자신이 즐기는 일, 하기로 결심한 일을 포기하지 말라고 독려한다. 그런데 어쩌니 삐삐야, 네가 틀렸단다. 나무는 네가 주는 물보다 하늘에서 내리는 비를 백배는 더 좋아해!

　　따지고 보면 하늘에서 내리는 비에 더 많은 영양이 있을 리 없다. 지하수에는 토양 중의 유기물과 무기물이 용해되어 다양한 성분이 포함되어 있을 수 있지만 빗물은 순수한 증류수에 가깝다. 깨끗하면 그나마 다행이지, 공기 오염 물질이 용해되어 산성비로 변할 위험마저 도사린다. 그런데도 땅이 빗물을 좋아하는 건 왜일까. 논이건 밭이건 꽃이 만발한 화단이건 잡초로 가득한 버려진 땅이건, 온 땅에 공평하게 듬뿍 내리기 때문이 아닐까. 비 오는 것을 한참 구경하다가 아차 싶어 아래채 지붕에 달린 빗물받이 끄트머리, 빗물이 줄줄 흐르는 곳에 물뿌리개를 가져다 둔다. 빗물을 가득 받아 화단의 가장 안쪽, 처마 밑에 있는 라벤더에 뿌려주었다. 비가 내려도 빗물이 닿지 않는 곳에 아무 생각 없이 꽃을 심어둔 것이다. 이 즐거운 빗물 파티에서 홀로 제외된 라벤더에게 중얼거렸다. 미안해. 내가 초보라서 그런 거니까 네가 조금 이해해주라.

봄여름
텃밭의
최후

처서다. 아침저녁으로 풀벌레들이 열창한다. 한낮은 여전히 무덥지만 새벽엔 오소소 소름이 돋을 정도로 서늘하다. 가을이 대문 앞까지 찾아와 문을 두드리고 있는 것이다. 볕도 다르고 하늘도 다르다. 무엇보다 구름이 달라졌다. 지리산과 뭉게구름이 뒤엉켜 넘실거리는 날들. 하루에도 몇 번씩 하늘을 쳐다볼 수밖에 없다. 땅에서도 계절의 변화가 느껴진다. 내 멋대로 심어두고는 게으르게 관리했던 나의 첫 텃밭은 봄과 여름을 지나 어느새 끝물이다. 작물의 잎사귀가 뻣뻣해지고 씨앗 채종을 기다린다. 이만 정리하고 가을 작물을 심을 때가 되었다는 신호다.

사실 텃밭을 일구었다고 하기도 민망한 마음이다. 그저 몇 가지 씨앗과 모종을 사다가 내 맘대로 심고는 방치해두었다가 아주 가끔씩 꼭 필요한 부분만 손을 봐주고, 그 와중에 염치없이 열매를 따먹는 날들이었다. 무식하면 용감하다더니, 용감한 데다 게으르고 뻔뻔하기까지 했다. 그래도 첫 경험을 기념하고 반성하는 것이 좋겠다는 생각에 부끄러움을 참아가며 이 글을 쓴다.

텃밭은 쪼그려 앉아 후비적거리는 일로부터 시작한다. 다른 말로 김매기. 땅에 살던 잡초와 잘린 뿌리, 돌멩이 등을 골라내고 단단했던 땅을 부드럽게 만드는 일이다. 이틀 정도 김을 매고, 장에서 사온 퇴비 한 포대를 뿌려 흙과 섞고, 다섯 개의 이랑을 만든 뒤 지지대를 세웠다. 지지대 곁에는 방울토마토와 가시오이, 매운 고추 모종이 각각 자리를 잡았다. 대파 모종은 텃밭 가장자리에 따로 열 맞추어 심고, 로메인 상추와 고수 씨앗은 포트에 따로 심어두었다. 책에서 본 대로 오이의 지지대에는 가로세로로 지그재그 끈을 묶어 오이 줄기가 잘 타고 올라갈 수 있게 만들어주었다.

작고 앙상했던 모종들은 놀라운 속도로 자라났다. 오이와 토마토는 첫 열매를 맺기도 전, 그들을 위해 세워둔 지지대를

넘어섰다. 더 기다란 지지대를 세웠어야 했다는 사실을 깨달았을 땐 이미 늦었다(지지대를 뽑고 새로운 기둥을 세우면 뿌리가 다칠 수 있다). 각자 영역을 만들어주었건만 그거야 초보 네 사정이라는 듯 오이와 토마토는 서로 뒤엉켜 자라났다. 갈 곳 잃은 가지들은 땅 위를 좀비처럼 기어 다니기도 했다. 조금 더 지나고 보니 지지대의 크기보다 더 큰 문제는 모종 사이의 간격이었다. 너무 좁게 심었던 것이다. 간격이 좁으니 그 사이사이를 비집고 들어가 관리하는 것이 쉽지 않고, 얼마쯤 포기하게 되고, 가지치기를 제때 해주지 않으니 통풍이 잘 안 되는 식의 악순환이 반복되었다. 상상력이 부족했던 탓이다. 작고 앙상한 모종들을 보며 그들이 얼마나 성장할지 가늠하지 못했던 것이다.

뜨거운 볕에 땀이 줄줄 흐르고 모기들이 사방에서 공격하는 고된 텃밭 일. 그중에서도 가장 두려운 것은 벌레, 아아, 벌레들이었다. 쫘리허리노린재라는 이름도 요상한 벌레가 내 앞길을 막았다. 녀석들은 고추 모종에서 처음 발견됐다. 처음엔 몇 마리 눈에 띄기에 손으로 잡아 저 멀리 비어 있는 땅으로 패대기쳤다. 그런데 날이 갈수록 그 개체수가 늘어났고, 잎사귀 뒷면에 열을 맞춰 알을 낳지 뭔가. 떼어도 떼어도 어디선가 나타나 나의 고추 모종에 달라붙는 놈들! 알을 까고 나온 아주 작고 하얀 새끼들이 바글바글 달라붙어 있는 장면은 또 어찌나 징그럽던지, 그걸 본 날 밤에는 꿈도 꾸었다. 새끼 노린재들이 바글바글 모여들어 내 팔과 다리를 한가득 메우고 쟁쟁거리는 꿈(물론 벌레가 실제로 소리를 내진 않는다). 식은땀을 흘리며 무시무시한 꿈에서 깨어난 뒤 며칠 동안 텃밭에는 나가보지도 못했다. 창문 너머로 텃밭을 내다보며 어쩌나, 어쩌면 좋은가 발만 동동 굴렀다. 텃밭이 나에게 공포의 대상이 될 줄이야.

돌이켜보면 즐거운 일도 많았다. 샛노랗게 피어난 오이꽃을 처음 본 날 "와아, 이쁘다" 하고 지나쳤는데, 며칠 뒤 그 자리에 작은 오이가 등장했을 땐 소리를 질렀다. '꽃이 진다=열매가 열린다' 공식이 사실이었다니! 방울토마토는 가지치기에 서툰 밭주인 탓에 매우 조금씩 열렸는데, 둘이서 먹기에는 충분한 양이었다. 한 주먹 따다가 깨끗하게 씻고 반 갈라 올리브오일, 소금, 후추 뿌려 조물거리면 그야말로 여름의 맛. 입속에서 시원함이, 행복이 팡팡 터지곤 했다. 굵어진 오이 따다가 손가락 크기로 잘라 쌈장에 콕 찍어 아삭아삭 베어 먹고 불린 미역과 함께 냉국도 만들어 마셨다. 조금씩 심어둔 루꼴라와 바질은 피자, 스파게티, 샌드위치에 올려 먹고 끼워먹었다.

게으르고 염치없는 주인에게도 얼마만큼의 먹을 것을

나눠주니 자연이란 얼마나 너그러운 존재인가 생각해본다. 그리고 그 반면, 어떨 때엔 매우 냉정해진다는 것도 실감한다. 자연이란 끝없이 너그러울 것 같지만, 어떤 순간이 오면 인간에게 그들의 시간과 관심을 당당히 요구하는 존재. 그리고 시간과 마음을 쓰면 그 이상의 것을 내어주는 존재인 것이다. 올해 첫 재미를 맛보았으니 다음엔 좀 더 나아지리라 믿는다. 세월 따라 실력과 요령도 조금은 늘어날 테니까.

친구들의
나무

보와 누마루가 있는 작은 집 소보루의 앞마당에는 곁에 서면 무릎 높이 정도 되는 작은 나무 두 그루가 있다. 지난 초봄, 친구들이 심어주고 간 새 식구들이다. 그들이 우리 집 마당에 나무를 심겠노라 했을 땐 사실 좀 부담스러웠다. 집 주변에는 이미 많은 나무가 있었고, 직접 관리하는 것이 녹록치 않아 몇몇은 베어버린 참이었다. 작은 묘목을 심어 가꿔본 경험이 없기 때문에 혹시라도 죽게 되면 미안한 마음이 들 것 같아 걱정도 됐다. 기대보다는 우려가 더 컸던 선물이었다. 하지만 집 앞 마당에 대한 도시인들의 로망은 집주인의 걱정을 이겼고, 결국 두 개의 작은 묘목이 우리 집 마당에서 살게 되었다.

　　그중 하나는 10여 년 전 막내 에디터 시절 첫 직장에서 만난 선배의 선물이다. 긴 가지가 수양버들처럼 능청능청 늘어지는 수양매화. 능수매화라고도 불리는 이 녀석은 흰 꽃을 가득 피운 채로 우리 집에 입양을 왔는데 첫날부터 어찌나 벌들이 꼬이던지, 내 눈에는 아름다운 처녀처럼 보였다. 다른 하나는 우리 집에 가장 자주 놀러온 단골손님, 후배 부부의 선물이다. 나의 두 번째 직장에서 옆자리 후배였던 그녀는 함께 갔던 매화축제에서 이 작은 묘목을 보자마자 값을 치러버렸다. 내 의사와는 상관없이 일어난 일이었다. 그렇게 우리 집에 온 두 번째 손님은 분홍 꽃이 피어 있던 홍매화 묘목이다. 그 꽃의 색이 얼마나 예쁜지, 낮 동안 밖에서 신나게 놀다가 막 집에 뛰어 들어온 아이의 발그레한 뺨 같았다.

　　흥미로운 건 비슷한 시기에 비슷한 크기의 나무를 사다 심었는데 녀석들의 모습이 좀 다르다는 것이다. 둘 중 한 녀석, 능수매화는 벌써부터 열매를 맺었다. 뒷마당의 수년된 커다란 매실나무 못지않은 튼실한 매실을 스물여덟 알 수확했다. 다른 한 녀석 홍매화는 열매를 맺는 대신 잎사귀를 풍성하게 만들었다.

우리는 "저기 저 녀석은 열매를 맺었는데 너는 왜 꽃만 피웠다 떨구고 말았느냐?"라고 따져 묻지 않는다. 자연은 저마다의 속도를 지키며 살아간다. 홍매화 나무의 열매는 내년에 다시 기대해보면 될 일이다.

아침마다 마당을 한 바퀴 휘 돌며 나무며 꽃들과 인사를 나누는데, 이 작은 두 개의 묘목을 볼 때마다 마음이 애틋해진다. 나무들은 날마다 씩씩하고 조금씩 달라지는 모습을 보여준다. 오늘의 나무는 어제의 나무와 다르다. 그런 그들의 씩씩한 모습을 보면 나무를 선물해준 두 친구가 떠오른다. 그저 떠올리는 데 그치는 게 아니라 곰곰이 생각해본다. 요즘 어떻게 지낼까, 힘든 일은 없을까, 아프진 않을까. 그 그리움이 꽤 깊어, 이렇게 친구들을 떠올려본 적 있었던가 싶을 정도다. 묘목을 선물한 두 사람뿐 아니다. 도시에서 고군분투하고 있을 나의 옛 전우들을 생각한다. 10년 동안의 직장생활이 내게 남긴 것이 있다면 그것은 돈이나 명예가 아니다. 내게 남은 것은 단 두 가지. 거북목 그리고 아름다운 전우들이다.

패션 관련 일에 종사한다는 것의 의미를 잘 안다. 그것은 매 순간 새로운 자극을 마주하는 흥분되는 일. 그런데 그 변화의 속도가 너무 빨라 현기증이 나기도 하는 일이다. 매달 혹은 매 시

우리 집에 온 두 번째 손님은 분홍 꽃이 피어 있던 홍매화 묘목이다.
그 꽃의 색이 얼마나 예쁜지, 낮 동안 밖에서 신나게 놀다가
막 집에 뛰어 들어온 아이의 발그레한 뺨 같았다.

즌 형언할 수 없는 성취감과 쾌감을 안겨주지만 허탈감도 만만치 않다. 이 일이 과연 이 지구에 옳은 일인가 하는 요상한 물음에 시달리기도 하고, 가끔은 허공에 대고 외치는 것 같은 느낌이 들 때도 있다. 그 삶을, 속도를, 압박을 알기 때문에 더더욱 간절하게 바라게 된다. 당신은 그곳에서 힘을 내세요. 당신의 나무는 여기에서 이렇게 잘 지내고 있답니다, 하면서 말이다.

소보루
식물도감

　　고백하자면 지금 우리 집 주변은 엉망진창이다. 특히 뒷
뜰과 텃밭은 정글이나 다름없다. 장마가 지나고 본격적으로 잡초
뽑기를 하지 않은 탓이다. 그럼에도 나의 성실과는 상관없이 자
연은 제 할 일을 한다. 지난여름에 한 줌 사다 심었던 애플민트는
어느새 허리 높이까지 자랐다. 토마토와 오이, 고추는 매일 둘이
먹을 만큼의 열매를 내어주고, 혹시나 하고 씨를 심어보았던 아
보카도와 레몬은 대견하게도 싹을 틔워 쑥쑥 자라나고 있다. 큰
나무들, 작은 허브들 모두 그 어느 때보다 푸르고 씩씩하게 이 계

절을 만끽하는 중이다. 이 작은 집에 수십 종의 식물이 산다. 매우 다양한 식물들, 그중에서도 내게 특별한 몇 가지 꽃과 나무를 골라 소개하려 한다.

향나무 Juniperus chinensis

집 입구에는 서너 평쯤 되는 잔디밭이 있는데, 이곳은 우리가 공사하고 잔디를 깔기 전까지 거의 버려진 땅이나 다름없었다. 입구를 위쪽으로 새로 내면서 담 일부를 허물고 땅을 정리하고 보니 그 가운데에 무화과나무 한 그루와 정체 모를 작은 나무 한 그루가 있었다. 나는 내 마당에서 무화과를 따다가 크림치즈를 발라 먹는 장면을 꿈꾸며, 공사를 맡은 현장 소장에게 무화과나무가 다치지 않도록 조심해줄 것을 신신당부했다. 공사하는 동안 무화과나무 주변에는 각종 무거운 자재들, 시멘트 포대, 블록 등이 쌓였다.

공사가 끝나고, 무화과나무는 입구에서 집 문까지 연결되는 길의 동선에 걸려 어쩔 수 없이 뽑아버리고 그 곁의 이름 모를 작은 나무가 살아남았다. 무거운 자재 밑에 깔려 있던 그 작은 나무의 이름은 향나무였다. 알고 보니 인부들과 함께 현장에서 일했던 남편이 오가며 자재를 치우며 돌봐주었고, 그 덕분에 살아남은 것이었다. 나는 어쩐지 이 나무에게 애틋한 마음을 갖게 되었다. 측백나무과에 속하는 향나무는 자라는 속도가 매우 느리다. 내 무릎 높이의 작은 나무지만 어쩌면 꽤 오래 이 집의 역사를 지켜본 증인일지도 모를 일이다. 만약 언젠가 이 집을 떠나게 된다면, 그리하여 먼 미래에 추억에 젖어 이 집을 다시 방문하게 된다면 나는 이 나무를 가장 먼저 찾게 될 것 같다.

아메리칸블루 Evolvulus glomeratus

집 안팎에 있는 모든 나무와 화분을 통틀어 가장 자주 들여다보게 되는 아메리칸블루. 이 녀석이 눈길을 끄는 이유는 단순하다. 시시각각 그 모습이 변하기 때문이다. 향나무가 의연하게 늘 같은 모습을 보여준다면, 아메리칸블루는 변덕이 심한 여고생 같은 느낌이다. 아침이면 새파란 꽃을 활짝 피우지만 해가 지면 꽃송이를 다물고 끝내 떨구고 만다. 수분이 부족하면 잎사귀를 잔뜩 오므리고, 물을 너무 많이 주면 썩어버린다. 하지만 이 변덕쟁이에게도 꽤 씩씩한 면이 있다. 한동안 비가 안 와 잎이 바싹 말라버린 날, 혹시나 죽은 것이 아닌가 걱정하며 물을 듬뿍 주면 한 시간도 안 되어 어느새 기지개를 쭈욱 편다. 그리고 다음 날이면 어김없이 새파란 꽃을 피운다. 미래에 대한 두려움에 사

AGROPYRON TSUKUSHIENSE
VAR TRANSIENS

JUNIPERUS CHINENSIS

EVOLVULUS GTLOMERATUS

KERRIA JAPONICA FOR. PLENA

IRIS

로잡힌 이십 대나 현실에 찌들어버린 삼십 대가 아니다. 넘어져도 툴툴 털고 일어나는 십 대 같은 꽃이다. 계절마다 다른 모습을 보이는 것은 물론이다. 날이 추워져 집 안으로 들이면 어느새 풀이 죽어 꽃을 피우지 않는다. 잎도 최소한만 남기고 떨군다. 하지만 겨울을 지나 봄이 오면 언제 그랬냐는 듯 파릇파릇해진다. 변덕스럽고 엄살도 심하지만, 삶에 대한 강한 의지를 품은, 씩씩한 여고생 같다.

아이리스 / 미니 붓꽃Iris

아이리스는 잎과 꽃봉오리가 붓글씨 쓰는 붓을 닮았다고 하여 우리말로 붓꽃이라고 부른다. 아이리스는 무지개라는 뜻이고, 붓꽃의 꽃말은 기쁜 소식이다. 우리 집에 핀 키 작은 아이리스는 과연 그 뜻과 꽃말을 따라 반가운 무지개처럼 우리 집에 왔다. 3월 12일, 아직 날이 쌀쌀한데 땅을 뚫고 나온 아이리스의 싹에서 꽃이 피었다. 올 봄 첫 손님이었다. 초보였던 나는 잎사귀 사이에 나타난 꽃봉오리를 알아채지도 못했던 터라 갑자기 피어난 꽃에 그만 어안이 벙벙해졌다. 화단 맨 앞줄에 심어둔 아이리스는 날마다 하나씩 혹은 둘씩 꽃을 피웠고, 피어난 순서대로 시들어 사라졌다.

고백하자면 아이리스에 대한 로망이 있었다. 고흐Vincent van Gogh 때문이다. 고흐의 꽃이라면 대부분 해바라기를 먼저 떠올리지만 나는 그의 아이리스를 훨씬 더 좋아한다. 그중에서도 실내가 아닌 외부 정원에서 그린 것들을, 그중에서도 아를에서 그린 것이 아닌 생레미의 정신병원에 머물던 시절에 그린 것들을 좋아한다. 비틀비틀 춤추는 듯 보이는 푸른 꽃과 잎사귀들은 노랗고 붉은 꽃들과는 또 다른 감동을 준다. 아이리스는 매일 조금씩 꽃봉오리를 벌리며 천천히 피어나는데, 푸른 꽃 가운데 노란 부분이 점점 더 보이면서 극명한 보색이 절정에 달했을 때 허무하게 져버린다. 고흐가 아직 피지 않은 봉오리, 이미 져버린 꽃송이까지 그리며 아이리스를 관찰했던 마음을 이제 알겠다. 그건 땅에 심은 아이리스를 매일 관찰해본 사람만 알 수 있는 것이다.

죽단화 Kerria japonica for. plena

어느 날 남편이 다가와 비밀 쪽지 건네듯 슬며시 말해준다. "뒷마당에 한번 나가 봐." 달려가 보니 담장에 샛노란 꽃이 주렁주렁이다. 우리 동네는 언덕에 자리해 있어 뒷집의 지대가 우리 집의 지붕 높이에 위치한다. 우리 집 뒷마당의 경계에 쌓인 돌들이 우리 집과 뒷집의 경계를 나누는 돌담인 동시에 뒷집의 지반이 된다. 주렁주렁 피어난 꽃의 정체는 뒷집에서 심은 죽단화였다. 죽단화는 정원수로 이용되는 황매화의 변종으로 녹색의 줄기가 잘 뻗기 때문에 담장을 넘어가는 특징이 있는데, 그 덕에 우리가 이 호사를 누리게 된 것이다. 오렌지 낱알 같은 작은 꽃잎들이 모여 둥근 공 같은 형태를 이룬 꽃의 형태도 아름답지만, 끝이 점차 뾰족해지는 톱니 모양 잎사귀의 색과 광택이 일품이다. 고마워, 반가워, 중얼거리며 가지 몇 개 꺾어다가 거실 화병에 하나, 아래채 민박 손님 방 화병에 하나, 마당에도 하나 꽂았다. "아무리 음지 양지 가리지 않고 잘 자라는 나무라지만 뒷마당 구석에 피었다가 홀로 져버리는 건 너무 안쓰럽잖아?"라는 말도 안 되는 핑계를 주절거리면서!

개밀 Agropyron tsukushiense var. transiens

기가 찼다. 개밀이라니? 사람 사는 집 마당에 개밀이라니? 좀 신기하게 생긴 잡초가 자라났기에 찾아보니 개밀이란다. 개밀은 이름에서 힌트를 얻어 짐작하면 쓸모없고 흔해빠진 밀이라고 생각하기 쉽지만 실은 벼과의 여러해살이 풀이다. 농촌 경작지 주변에서 관찰되는 야생보리다. 개밀은 가을에 발아해 생육을 시작하고, 그 자리에서 겨울을 난다. 그리고 이른 봄 본격적으로 성장해 여름이면 다발 형태로 자란다. 특성으로 미루어볼 때 이 녀석은 지난가을 우리 집 마당에 자리를 잡은 것 같다. 그리고 아주 작은 식물의 형태로 그 자리에서 겨울을 견뎌냈을 것이다. 남편과의 토론이 시작됐다. 이것을 뽑을 것인가 그대로 둘 것인가. 동선을 방해하지 않는 자리에 자라났으니 우선 두고 보기로 했다. 시원시원하게 줄기를 뻗는 모양새가 멋져 보이기도 했고, 장마가 지나면 꽃 이삭이 길게 자라 꽃을 피운다 하니, 겨울을 이겨낸 녀석, 그래도 꽃은 한번 피워보아야 하지 않겠는가 싶기도 했다. 여름이면 뽑기 힘들 정도로 억세게 자랄 것이기에 우리는 이제 곧 개밀을 뽑아야 한다. 그래서 더더욱 여기에 기록한다. 한때 우리 집에 개밀이 있었습니다, 그런 느낌이랄까. 우리가 잡초라 부르는 것들, 잡초라 뭉뚱그려 칭하는 것들도 그 이름을 알게 되면 그에 대해 더 알아보게 되고, 더 알게 되면 차마 뽑지 못하는 사태가 벌어지니, 하아, 그것이 문제라면 문제다.

샤스타데이지 Chrysanthemum burbankii

어느 날 오후, 초대한 적 없는 손님들이 불쑥 찾아왔다. 시골에선 흔한 일, 느닷없이 소리치는 "계세요?" 소리에 이젠 그리 놀라지도 않는다. 잘 알지도 못하는 세 사람과 함께 우리 집 거실에 둘러 앉아 차 한 잔씩 마셨다. 대체 무엇이 궁금한 걸까, 내게 원하는 것이 있는 걸가 생각하며 어색해하던 중, 다행히 일찌감치 자리를 털고 일어나준다. 배웅하는 길, 불청객 중 한 명이 대뜸 차 트렁크를 열어 꽃 한 줌, 풀 한 줌 쥐어주었다. 한 줌 풀은 루꼴라였다. 뿌리째 건네받은 루꼴라를 텃밭 한쪽에 심어두고는 봄철 내내 맛나게 즐겼다. 피자 구워 얹어 먹고 파니니 샌드위치에 끼워도 먹었다. 여름볕이 뜨거워질 무렵, 파종해 다시 키울 요량으로 줄기째 볕에 말려 씨를 털었다.

　　루꼴라와 함께 얻은 한 줌 꽃은 샤스타데이지였다. 샤스타데이지는 여름국화다. 가을에 피는 국화가 아련하다면 5월부터 7월까지 피는 샤스타데이지는 명랑하다. 저녁 무렵 꽃을 오므렸다가 다음 날 해가 밝아오면 어김없이 피어나 하루 종일 화창하게 희다. 샤스타데이지는 프랑스 들국화와 동양의 섬국화를 교배해 만든 개량종으로, 마거리트나 구절초와 비슷해 보이지만 마거리트보다는 키가 훨씬 크고 구절초와는 잎 모양이 전혀 다르다.

　　뿌리가 잘린 채 나에게 온 꽃을 어쩔까 고민하다가, 아래채 손님들이 사용하는 마루에 두기로 마음먹었다. 초대한 적 없는 손님들에게 더 살갑지 못했던 나의 얕은 마음을 속죄하는 심정으로 한 송이 한 송이 꽂았다.

부레옥잠Eichhornia crassipes

아래채의 누마루 밑에는 외양간이 있었다. 70년간 가축의 공간이었던 곳을 작업실로 꾸미기 위해 정리하고 보니 돌덩이들이 많이 나왔다. 가축의 여물통이었을 것으로 추측되는 엄청나게 크고 무거운 돌 구유 두 개. 하나는 자재상에 연락해 앞마당에 흩뿌릴 파쇄석 한 트럭과 맞교환하고, 하나는 집 현관 쪽 감나무 곁에 두었다. 수십 년 동안 이 집에 살던 황소의 밥그릇 노릇을 하던 돌덩이가 이제는 부레옥잠, 물상추 등 수생식물의 안식처로 살게 되었다.

부레옥잠은 물고기의 부레와 같은 공기주머니를 가지고 있다. 둥근 잎자루에 공기를 품고 있어 물 표면에 뜰 수 있는 것이다. 물에 둥둥 떠다니며 봄여름 사이 세력을 넓힌 부레옥잠은 장마와 무더위가 지난 뒤 비로소 꽃을 피운다. 봉황의 눈을 닮았다 하여 봉황련으로도 불리는 연보라색 꽃. 이 꽃은 단 하루 피고 지는 일일화다.

불두화Viburnum sargentii for, sterile

수국인 줄 알았다. 다른 이름을 가진 꽃일 거라고는 생각도 못했다. 알고 보니 뽀글뽀글한 부처의 머리처럼 생긴 꽃이라

PAEONIA LACTIFLORA

IBERIS

VIBURNUM SAGTENTII
FOR. STERILE

CHRYSANTHEMUM BURBANKII

CHAENOMELES
LAGENRIA

EICHHORNIA CRASSIPES

하여 불두화라는 이름을 얻은 꽃나무였다. 4월 초파일 무렵부터 꽃이 피기 시작하니, 과연 그 이름 잘 지었다 싶다. 제게 꼭 맞는 이름을 가졌음에도 세상의 많은 불두화가 수국이라 불린다. 얼핏 보면 비슷하게 생기기도 했고, 그것을 구분해 이름을 불러주기에는 다들 너무 바쁘고, 제 이름을 잘못 불렀다고 화내는 불두화도 없으니 그럴 만도 하다.

불두화의 꽃은 수국과 비슷하지만 잎 모양을 보면 확실하게 구분할 수 있다. 수국의 잎은 깻잎처럼 생겼지만 불두화는 세 갈래로 갈라지는 잎을 가졌다. 따지고 보면 수국과 불두화는 먼 친척뻘도 안 된다. 불두화는 백당나무를 개량한 것이다. 백당나무 꽃은 중심의 자잘한 꽃들을 중심으로 바깥쪽에 좀 더 큰 꽃으로 둘러싸인, 산수국과 비슷한 형태다. 바깥쪽의 큰 꽃들은 벌과 나비를 불러 모으기 위한 자구책, 일종의 화려한 덫이다. 꽃술이 있는 작은 꽃을 참꽃, 바깥쪽의 화려한 무성화를 헛꽃이라고 부르기도 한다. 쉽게 말해 불두화는 백당나무 꽃 중 무성화만 피도록 개량한 것이다. 암술, 수술이 없이 퇴화된, 향기도 없고 열매도 맺지 못하는 꽃 불두화. 겨울이면 처량하기 그지없는 앙상한 몰골로 겨우 생을 유지하는, 봄이 되어도 벌과 나비가 꼬이지 않는 이 짠한 나무의 이름을 이제 나라도 제대로 불러주련다.

이베리스/ 눈꽃 Iberis

봄이 오고, 오일장에 마침내 꽃모종 좌판이 열린 날, 쌈짓돈 모자라면 영혼이라도 팔 기세로 꽃을 구경하고 있었다. 처음 겪어보는 설레고 들뜬 마음이었다. 드디어 봄이 왔다고, 시골에서 맞는 봄이란 게 이토록 감격스러운 일이었냐고, 그걸 당신들끼리 만끽하고 있었냐고 소리라도 치고 싶은 심정이었다. 연분홍 철쭉 모종을 신중하게 고르고 있는 어느 할머니 곁에 쪼그려 앉았다. 화려하게 알록달록 뽐내는 꽃들 사이에서 눈만 껌뻑이던 아주 작은 꽃모종이 내 눈을 사로잡았다. 꽃 파는 아주머니는 눈꽃이라 했고, 집에 와 찾아본 이름은 이베리스였다.

양귀비목 겨자과에 속하는 여러해살이 꽃인 이베리스는 피어나는 모습이 특히 귀엽다. 엄지손톱만 한 둥근 꽃망울을 맺은 뒤 작은 꽃잎을 순서대로 하나씩 피우는데, 어린아이의 희고 작은 다섯손가락을 엄지부터 새끼까지 천천히 하나씩 펼치는 모양새다. 어제는 따봉, 오늘은 가위, 내일은 세 살. 그런 식으로 한 손가락씩 펼쳐 마침내 손보자기가 완성되면, 모든 꽃잎이 피어나 마침내 한 송이 꽃이 된다. 꽃잎 하나하나의 모양도 좀 특이하다. 네 장의 꽃잎 중 윗잎 두 장은 길고, 아랫잎 두 장은 짧은 형태의 꽃이 마치 흰 나비처럼 보인다. 키가 15~20센티미터밖에 되지 않는 작은 야생초 이베리스는 줄기를 옆으로 뻗으며 땅에 가깝게 자라 넓게 퍼진다. 화단에 심어두면 마치 하얗게 눈이 내린 것처럼 보이니, 눈꽃이라는 이름이 녀석에게 참 마침맞다 싶다.

지난봄 어느 날, 놀러온 지인이 마당에 주차를 하다가 실수로 입구 쪽에 심어둔 눈꽃을 밟아버렸다. 타이어 자국대로 밟혀 짓눌린 꽃. 웃으며 괜찮다 했지만 속으로는 눈물이 다 났다. 어느 노래 가사처럼 '미운 건 오히려 나'였다. 차에 밟힐 수도 있는 곳에 심어둔 내 탓이니까. 지인이 돌아가고 나서 고민에 빠졌다. 녀석이 다시 살아나 꽃을 피운다 해도 그 자리에 두면 언젠가 또 밟힐 게 뻔한데 어쩌나, 눈꽃은 옮겨 심는 것을 싫어한다던데 어쩌나. 고민 끝에 모종삽으로 조심스레 달래가며 뿌리째 파내 집 앞 화단 구석에 옮겨 심었다. 그리고 며칠. 완전히 죽어버린 모양으로 웅크리고 있던 녀석이 살살 고개를 든다. 그리곤 다시 따봉, 가위, 세 살 순서로 꽃을 피운다. 아아, 이런 것 때문일까. 이런 장면을 보는 희열 때문에 사람들은 꽃을 심는 것일까.

작약 Paeonia lactiflora

작약의 봄은 정말이지 이상한 모습으로 시작된다. 도깨비뿔처럼 생긴 것이 땅에서 빼죽거리며 올라오기에 며칠 두고 보았더니, 어느새 줄기를 올려 잎을 내고 꽃봉오리를 맺었다. 작약이었다. 보통의 아름다운 꽃들은 그 시작부터 아름답지만, 작약은 그렇지 않다. 요상한 모양으로 땅을 비집고 올라와서는 오래 뜸을 들인다. 그 '뜸'이란 것이 지나치게 지지부진한데, 줄기 끝에 딱 하나씩 잎사귀로 감싼 꽃봉오리를 맺은 뒤에 한참 동안 그 상태로 머문다. 조금씩 서서히 피어나는 꽃들과 다른 점이다. 며칠 동안 아침마다 꽃봉오리를 들여다봐도 그대로다. 참고 참다가 "에라이, 피긴 피는 거냐!"라고 성질을 낼 때쯤 되니 비로소 꽃이 피었다. 피었다기보다는 터뜨렸다는 표현이 맞겠다. 엄지손가락 끝마디만 한 꽃봉오리에서 글쎄, 내 두 주먹을 모아 쥔 크기의 꽃을 피워냈으니, 만약 피어나는 순간 그 곁을 지켰다면 펑펑, 봉오리 터지는 소리 들렸을지도 모르겠다. 오래오래 망설이다가 어느 순간 만개하고 금새 사라져버리는 꽃. 작약의 꽃말은 수줍음이다.

PART 5   보내다

시골의
계절

아침에 눈을 떠보니 바깥이 수상하다. 평소 같지 않은 분위기를 감지한 건 나뿐 아니었다. 남편이 소리친다. "수상한 사람들이 어슬렁거리고 있어!" 창밖을 내다보니, 검정색 양복을 입은 여럿의 '맨 인 블랙'이 우리 집 앞을 지나고 있었다. 정체는 몰라도 이 동네 사람들이 아니라는 것만은 분명했다.

좀 무서운 얘기처럼 들리겠지만 시골 동네는 옆집 사정에 훤하다. 우리가 수십 년 된 감나무 세 그루를 무자비하게 베어버린 것을, 둘이서 마당에 엎드려 잔디를 심은 것을, 외출을 거의

하지 않는다는 것을, 가끔 친구들이 놀러오면 밤늦게까지 시끌벅적하게 논다는 것을 동네사람 모두가 알고 있다. 이 집을 처음 구경하러 온 날, 두 집 건너 양옥집 할머니가 옥상에 숨어 우리를 훔쳐보고 있는 걸 발견하고 소름 끼쳤던 기억도 있다. 이쯤 되면 '어느 집 밥숟가락이 몇 개인지 동네 사람들이 전부 안다'는 옛말은 과장이 아니다.

저들은 대체 왜 우리를 궁금해하는가, 곰곰이 생각해본다. 인적이 드물고 방문자가 없는 조용한 동네인 탓도 있고, 흥미로울 것 없이 지루한 일상 때문이기도 할 것이다. 어쩌면 젊은 두 이방인이 수십 년 동안 지켜온 작은 마을의 평화를 깨뜨릴지도 모른다는 두려움 때문일 수도 있다. 우리가 저들에게 선뜻 다가서지 않고 조용히 집에만 머물고 있다는 점도 이상할 테고.

다시 '맨 인 블랙'으로 돌아와서, 아무튼 그날 아침엔 뭔가 좀 이상했고, 남편과 나는 늘 관찰당하던 입장이 아닌 관찰자의 입장이 되어 추리에 나섰다. 창문 곁에 서서 가만히 살펴보니, '맨 인 블랙' 무리는 장례를 마친 가족들처럼 보였다. 검은 양복과 지친 행색이, 서로 닮은 얼굴이, 무엇보다 무리 중 한 명이 팔에 두른 상주 표식이 그랬다.

아랫집 할머니가 세상을 떠난 것이었다. 볼일이 있어 이

어쩌면 그들에게 이웃이 죽어 사라지는 것은
감이 익어 떨어지는 것만큼이나 자연스러운 것인지도 모르겠다.
시골에서는 모든 것이 소리 없이 오간다.

틀 동안 서울에 다녀온 직후였기 때문에 우리만 그 소식을 까맣게 몰랐다. 옷장 깊은 곳에서 남편의 검은 양복을 꺼냈다. 약간의 조의금을 안주머니에 넣고 남편 홀로 그 집을 찾았다. 다녀온 남편이 들려준 이야기는 충격적이었다.

"할아버지가 동네에 떠도는 우리에 관한 소문을 다 얘기해줬어. 지붕 공사는 왜 그 사장한테 맡겼냐고 따져 묻기도 하고. 아, 그리고 머리가 희끗한 사위는 대문까지 나와서 따로 부탁하더라. 혹시 할아버지가 찾아와 술 좀 사다 달라고 부탁해도 절대로 사다주지 말라고." 수십 년 동안 한 이불을 썼던 아내는 죽어 누웠는데, 그 죽음과 상관없이 그저 젊은이가 찾아온 것이 반가워 수다를 늘어놓는 늙은 남편. 그는 며칠 뒤 사위의 예상대로 우리 집 마당에 찾아와 술 좀 사다 달라며 생떼를 쓰다가 돌아가기도 했다. 동네 어디에도 할머니의 죽음을 슬퍼하는 이는 없었다. 할머니를 네댓 번 마주쳤던 남편만이 며칠 동안 멍했다. 할머니가 지붕 위에 올라가 감나무의 높은 가지를 치기에 남편이 제가 해드릴게요, 했더니 아직 이 정도는 혼자 할 수 있다며 웃던 할머니. 그 짧은 인연조차 그를 멍하게 만드는데, 수십 년지기 이웃들은 어찌하여 저토록 태연한가.

어쩌면 그들에게 이웃이 죽어 사라지는 것은 감이 익어

떨어지는 것만큼이나 자연스러운 것인지도 모르겠다. 시골에서는 모든 것이 소리 없이 오간다. 계절이, 비와 바람이, 꽃이, 열매가, 모든 생명이 소리도 없이 오고 또 간다. 그 모든 생명들 가운데 인간이 있다고 받아들이는 것, 자연이 하는 일은 과연 옳다고 여기는 것. 그 겸손과 체념을 배운다.

꽃놀이
유감

우리 동네 부근에서 열리는 봄꽃 축제로는 광양매화축제, 구례산수유축제 그리고 하동화개벚꽃축제가 있다. 3월부터 이어진 봄꽃 축제로 최근까지 온 동네가 몸살을 앓았다. 주말이면 꽉 막혀버리는 섬진강 대로는 주민들에겐 그야말로 재앙이다. 그 덕에 평일에 미리 장을 봐두고 주말엔 집밖으로 한 발도 나아가지 않는 생활을 한 달 넘게 이어갔다. 몇 주 전 토요일 밤, 모녀 손님이 매우 지친 모습으로 입실하는 일도 있었다. 차가 꽉 막혀 몇 시간 동안 도로에 갇혀 저녁 식사도 하지 못한 채 겨우 왔다는 것이다. 평소 30분이면 될 거리를 달려오는 데 3시간 넘는 시간이 소요되는 건 예삿일이 되었다.

꽃 많이 핀다고 소문난 동네로 우르르 몰려가는 꽃놀이가 나는 좀 유감이다. 물론 그 목적을 모르는 바는 아니다. 중년들은 제게 또 한 번 허락된 봄이 반갑고 고마운 심정으로 길을 떠날 것이다. 젊은 커플들은 꽃구경을 핑계로 색다른 데이트를 해보려는 것일 테고. 그 기분을 충분히 짐작할 수 있으니 "봄이 그렇게도 좋냐, 멍청이들아"라던 노래 가사 정도의 반감은 아니다. 다만 봄을 반기는 기분을 이용하는 봄꽃 축제가 원망스러울 뿐이다. 문제는 축제의 부대시설과 콘텐츠의 질이다. 차가 막히고 주차장이 모자라는 건 그렇다 치자. 어딜 가나 뽕짝이 흘러나온다. 춤추고 노래하는 각설이가 없으면 그나마 고마운 마음이 들 지경이다(그러나 각설이는 어느 축제에나 존재한다!). 지역마다 저마다의 특색이 없는 점도 아쉽다. 그중 가장 최악은 질 나쁜 음식이나 상품으로 바가지를 씌우는 상인들이다.

지역 축제에 대한 철저한 불신으로 가득 차 있던 나의 마음을 조금 움직였던 사건이 있었다. 3월 초, 아직 꽃이 덜 핀 광양 매화마을을 찾았다. 집에 놀러온 지인들을 위한 관광 코스였다. 한 바퀴 휘이 돌고 난 우리들 눈에 들어온 건 음식을 파는

천막. 그다지 배가 고프지는 않았던 터라 성인 네 사람이서 국수 한 그릇, 파전 한 장 사서 한 젓가락씩 맛이나 보자 했다. 사이좋게 나눠 먹다가 그만 넷 다 깜짝 놀랐다. 그토록 슴슴하고 맛있는 된장국수는 처음이었다. 집에 돌아와서도 계속 생각나는 그 국수를 2주 뒤에 또 먹었다. 놀러온 다른 지인들을 불러 그곳으로 이끌어 꽃구경을 시킨 뒤, 국수집으로 유인한 것이다. 국수 때문에 그곳에 다시 가고 싶어지다니! 이상한 패배자의 기분을 느낄 새도 없이 내 앞에는 된장국수가 놓였다. 망설이던 지인들 앞에도 각각 한 그릇씩. 여섯 개의 그릇 모두 곧 깨끗하게 비워졌다.

생각해보면 우리가 봄 축제에서 원하는 건 큰 것이 아니다. 커다란 무대 설치하고 말도 안 되는 부스를 만들 비용으로 괜찮은 가게, 그러니까 값이 적당하고 청결하게 관리되고, 매년 그 자리에서 만날 수 있는 가게 몇 개만 제대로 갖추면 좋겠다. 사람들이 지역 축제에서 기대하는 건 그런 게 아닐까 싶다. 가게들은 왼손이 되어 도울 뿐, 오른손이 할 일은 봄꽃들이 알아서 다 하니까 말이다. 이상은 하동에 사는 오지라퍼의 듣는 이 없는 하소연이었습니다.

솎아내는
용기

이사한 지 얼마 안 된 때였다. 읍에서 볼일을 보고 집으로 돌아오는 길이었다. 마을로 진입하는 좁은 길. 우리 차 곁으로 어느 중년 부부가 두 손 꼭 잡고 지나가는데, 그들의 표정을 보고 깜짝 놀랐다. 순식간에 지나간 그들의 미소가 얼마나 해사하고 아름답던지 충격을 받아 멍해질 지경이었다. 저토록 즐거운 표정을 짓는 중년 부부를 본 적 있었던가 하고.

즐거운 부부를 다시 만난 건 그해 어느 여름날. 이글이글 뜨거운 날이었다. 소담하게 새로 지은 하얀 집의 돌담을 보고 그것을 쌓은 전문가를 소개받고 싶어 기웃거렸는데, 그때 그 부부가 땀을 뻘뻘 흘리며 마당일을 하다가 우리를 반갑게 맞이했다. 부부에게 소개받은 돌담 전문가에게 일을 맡기지는 않았고 우리 집 돌담은 아직도 제대로 정리되지 않은 상태 그대로지만, 우리는 그날 이후 그 부부를 알게 되는 행운을 얻었다.

부산 출신의 귀촌 6년 차인 부부는 좀 특이한 데가 있었다. 이곳에 내려온 이후 새롭게 만난 사람들 모두가 약속한 듯 똑같이 묻는 두 질문을 던지지 않는다는 점에서 그랬다. 그 첫 번째는 "도시에서 뭐하던 사람들이냐?"이다. 상대를 단번에 파악할 수 있는, 만만히 봐도 될 사람인지 가늠할 수 있는 유용한 물음이다. 두 번째는 "여기서 뭐 먹고 살 생각이냐?"라는 질문. 이 질문으로 말할 것 같으면 농촌에서 그동안 겪은 자신의 경험치를 뽐내고 이런저런 충고를 하기 위한 일종의 준비 단계라고 할 수 있겠다(귀촌인들이 가장 잘하는 두 가지가 엄살과 충고다). 하지만 즐거운 부부는 함부로 무엇을 묻거나 가볍게 충고하지 않았다. 다만 그런 말은 했다. 반백수로 느릿느릿 사는 일은 보통의 용기로 할 수 있는 건 아니라고.

즐거운 부부 중 아내를 나는 이모라고 부르게 되었다. 그리고 이모는 근처에 사는 이들 중 유일하게 내가 신뢰하고 따르는 어른이 되었다. 얼마 전 이모를 따라 배밭으로 나섰다. 배 농사를 짓는 어느 사장의 농장에 가서 단기적으로 일을 돕고 매일의 일당을 받는 일, 나의 첫 현지 아르바이트인 셈이다. 알바생들의 임무는 적과, 속칭 '솎아내기'라고 부르는 일이었다. 배나무 가지에 달린 여러 열매 중 가장 좋은 것을 남기고 나머지는 잘라버리는 것. 여러 개의 배가 한 가지에 달리면 영양분을 나누어 가지니 시고 퍼석하고 자잘한 배가 되고, 서로 부딪혀 상처를 입고 병충해 피해도 커지기 때문에 이 같은 과정을 거쳐야 하는 것이다.

높은 사다리를 타고 올라가 가위로 슥슥 잘라내면 되는 단순한 일이었지만, 시간이 갈수록 나는 묘하게 복잡한 기분을 느꼈다. 배나무와 감나무도 구별하지 못하는 초보에게 자신의 배나무를 맡길 만큼 농촌의 일손 부족 문제는 심각한 것이었고, 그런 그들에게 피해를 주지 않고 적어도 밥값은 해야 한다는 책임감이 무거웠다. 더구나 '가장 예쁜 것을 남겨라!'라는 작업 지시는 어렵게만 느껴졌다. 엄지손톱만 한 작은 배 대여섯 중에 대체 어떤 것을 골라 남긴단 말인가! 내가 자른 것이 가장 예쁜 것이었다면 나중에 다시 붙일 수도 없잖아!

어찌어찌 서너 개를 탈락시켜도 결국 공동 1위를 차지한 꼬마 배 둘이 남곤 했다. 둘을 두고 길게 고민하다 보면 남들보다

망설임과 미련을 잘라내 버리고 가장 좋은 것만 남겨 집중하는 일,
어쩌면 이모가 말했던 용기란 이런 데 필요한 것이 아닐까.

작업 속도는 느려지고, 결국 선택하지 못하고 둘 다 남기고 지나
간다면 누군가 다시 작업해야 한다. 남의 열매를 함부로 자르는
것이 미안하고 조심스러워 망설였던 것이 결과적으로 농장에 피
해를 끼치게 되는 것이다.

어쩌면 이것은 내 삶 전체를 관통하는 태도일지도 모른
다는 생각이 들었다. 나의 부엌 선반에, 책장에, 옷장 속에, 인간
관계 속에 작은 배들이 주렁주렁 매달려 내 삶을 무겁게 만드는
것인지도 모른다는 생각. 망설임과 미련을 잘라내 버리고 가장
좋은 것만 남겨 집중하는 일, 어쩌면 이모가 말했던 용기란 이런
데 필요한 것이 아닐까.

웅이

집 공사가 한참이던 5월 한복판. 봄은 절정인데 우리는 매우 낙담했다. 돈 때문이었다. '예쁜 건 비싸고, 맛있는 건 살찐다'는 두 가지 진리는 영원히 변치 않는다 했던가. 하나 더 보태야겠다. '공사비는 언제나 추가된다!' 숙소 작은 방에서 둘이 머리를 맞대고 계산기를 두드리다가, 한숨 몇 번 쉬다가 에라이, 밥이나 먹자 하고 길을 나섰다. 근처 식당에서 뜨끈한 소머리국밥 한 그릇씩 먹고 힘내자 했다. 차로 5분, 걸으면 15분. 평소에는 늘 차를 타고 가던 길이지만 그날은 마음이 답답해 걷고 싶었다.

처음 있는 일이었다. 인도가 따로 없어 차가 쌩쌩 다니는 이차선 도로 곁을 조심조심 걸어가는 중이었다. 저 건너편에서 무언가가 빠른 속도로 다다다 달려오더니 남편 허벅지에 착 하고 붙었다. 검은 생물. 순식간에 일어난 일이었다. 다람쥐? 족제비? 정체를 알 수 없는 검은 털뭉치를 보고는 둘 다 그만 어벙벙해져서 가만히 바라보는데, 그 순간 녀석이 작은 소리를 내질렀다. "니야옹!" 새끼고양이였다.

어른 주먹만 한, 작고 깡마른 녀석이었다. 남편의 다리에 찰싹 붙어 있던 털뭉치를 떼어내 품에 안고 길을 건넜다. 어미가 어디에선가 우리를 지켜보고 있을지 모른다. 무리에서 실수로 이탈해 어미를 잃었을 수도 있으니 일단 근처에서 기다려보기로 했다. 30분 넘게 상황을 살피는 동안 녀석은 쉬지 않고 울어댔는데, 눈에는 눈곱이 덕지덕지 붙어 있고 뼈가 만져질 정도로 앙상한 걸 보면 꽤 오랫동안 어미의 돌봄을 받지 못한 듯했다. 결국 녀석을 숙소로 데려왔다. 다행히 숙소 주인은 마당 고양이를 먹이는 사람이었고, 그녀에게서 약간의 사료를 얻을 수 있었다. 불린 사료와 깨끗한 물을 양껏 먹고 마신 녀석은 마당 한구석에 묶여 있는 대형견에게 다가가 괜스레 까불거리고 여기저기 탐색하며 뛰어다니더니 우리 곁으로 돌아와 까무룩 잠이 들었다.

다음 날 병원에 데려갔다. 하동에는 가축병원밖에 없어 광양 시내까지 한 시간을 달려야 했다. 급한 대로 수건으로 싸고 작은 가방에 담아 데려간 녀석을 살펴본 수의사가 말했다. "하루만 더 굶었으면 죽었을 거예요. 아마도 작고 약해 어미에게 버려진 것 같아요." 그렇게 우리는 새끼고양이에게 '간택'당했고, 검은 털뭉치는 '웅이'라는 이름을 갖게 됐다. 웅이는 우리와 함께 숙소의 작은 방에서 지냈다. 밥을 주면 맛나게 먹고, 상자를 주워다 모래를 깔아주니 거기에 똥오줌을 쌌다. 첫날부터 우리 곁에 꼭 붙어 골골거리며 잠도 잘 잤다. 공사가 끝나고 숙소로 돌아가면 촐랑촐랑 다가와 애교를 부리며 까불다가 금세 곯아떨어지곤 했다.

　　하지만 집 공사 중이던 당시의 우리에게는 집도 절도 없었고, 서울서 함께 살던 두 마리의 고양이는 지인의 집에서 더부살이 중이었다. 결정적으로 기관지가 시원찮은 내게 고양이 세 마리는 무리라는 생각이 들었다. 고민 끝에 녀석을 입양 보내기로 했다. 되도록 지인에게 보내고 싶어 수소문하던 중 웅이를 가족으로 맞이하고 싶다고 나선 이가 있었다. 전 직장 후배였다. 검은 고양이는 불길하다는 편견 때문에 입양이 되질 않아 미국에서는 검은 고양이의 날(8월 17일)을 지정하기까지 했다는데, 그 친구는 독특하게도 검은 고양이에 대한 강한 로망을 품고 있었다.

봄에 만나, 가을에 보냈다. 햇병아리처럼 삑삑 울던 녀석이 떠날 때가 되니 제법 고양이처럼 야옹거리기 시작했다. 9월 어느 날 한숨도 잠들지 못하고 일어난 아침, 꼬박 네 시간을 달려 후배의 집에 도착했다. 웅이는 영문도 모르고 발랄했다. 녀석을 내려놓고 집으로 돌아오는 길, 잘 먹고 잘 쌌다는 메시지를 받고는 생각했다. '지난 석 달 정말 고마웠어. 힘들었던 시기에 기쁨을 주었던 작은 고양이. 우리가 서로를 살려주었구나.'

녀석이 그립다. 처음 만났던 날, 내 두 눈으로 보면서도 믿을 수 없었던 그 장면을 종종 떠올린다. 차가 쌩쌩 달리는 이차선 도로를 건너와 울며불며 매달렸던 녀석의 모습을. 그리고 그때마다 새롭게 깨닫는다. 시골 어느 길에서 태어나 어미에게 버려졌던 녀석이 서울로 상경할 수 있었던 건, 엄마 아부지 누나가 있는 집의 막내로 입양되어 이토록 사랑받으며 살게 된 건 행운이 아니라 온전히 그 작은 녀석의 의지였다는 것을.

웅이는 '범이'라는 씩씩한 새 이름을 얻어 서울에서 지내고 있습니다. 얼마 전 정기검진 결과 매우 건강하다고 합니다. 그런데 간의 크기가 평균치보다 조금 작다는데, 우리에게 달려든 용기는 대체 어디서 난 것인지. 그것은 미스터리 중의 미스터리!

이야기는
계속된다

    서희와 길상이가 뛰놀던 곳, 귀녀가 음모를 품고, 용이와 월선이는 이루어지지 않는 사랑에 괴로워하던 곳. 소설 『토지』의 배경이 바로 내가 살고 있는 이곳 하동이다. 집에서 차로 5분거리인 최참판 댁은 박경리 선생의 대하소설 『토지』의 배경이 되는 곳. 소설 초반, 주인공인 서희와 길상의 어린 시절 터전이다. 2002년 드라마 〈토지〉를 제작하면서 소설 속 집들을 재현해 만들어놓은 가짜 마을인 셈이다. 옛 가옥을 구경하며 한가로이 산책하고 주막처럼 꾸며놓은 곳에 앉아 지짐이도 사 먹고 몇 가지

관광 상품도 구매할 수 있으니 도시인들에게 소개하기 적당한 관광 명소다. 최치수가 머물던 사랑채와 어린 서희가 뛰놀던 별당을 비롯한 열네 동의 한옥뿐 아니라 서민들이 살던 초가마다 등장인물들의 캐릭터 설명과 그들의 대사가 적혀 있으니, 『토지』를 읽은 이들에게는 그야말로 흥미진진한 곳이다. 읽지 않은 이들에게는 그저 작은 민속촌에 지나지 않는 곳일 테지만.

　　지난봄 어느 날이었다. 최참판 댁으로 가는 길에 커다란 목련나무가 있어 목련이 피었는지 보러 잠시 들렀다. 사알살 걸어 올라가니, 이전에는 관심을 두지 않았던 건물이 눈에 들어왔다. 박경리 문학관이었다. 단아하면서도 웅장한 느낌의 한식 목조 건물. 지난해 5월에 새로 개관한 이 전시관의 마당에는 박경리 선생의 동상이 세워져 있었다. 그리고 주춧돌에 쓰인 문구 "버리고 갈 것만 남아서 참 홀가분하다." 선생의 유고 시집에 수록된 〈옛날의 그 집〉 마지막 문장이다.

　　전시장 안에는 박경리 선생이 생전에 사용하던 물건들과 사진, 친필 원고 등이 전시되었다. 그리고 한쪽 유리관 안에는 『토지』를 연재했던 월간지 그리고 단행본의 시대별 변천사가 진열되어 있다. 『토지』는 1969년에 쓰이기 시작해 1994년 8월에 완성되었다. 26년. 한 인간이 태어나 기고 걷고 입학과 졸업을 반복하고 부모로부터 자립하고도 남을 긴 시간에 걸쳐 하나의 작품이 만들어진 것이다. 연재를 시작했던 《현대문학》뿐 아니라 《문학사상》《마당》〈문화일보〉 등의 매체를 통해 소개되었고 지식산업사, 삼성출판사, 솔, 나남 등 여러 출판사에서 단행본을 발행했다. 그곳에서 나는 보았다. 십수 년 전 엄마의 책장에서 꺼내 보던 바로 그 책을.

　　중고등학생 시절, 우리 집에는 텔레비전이나 게임기 따위가 없었고, 우리 남매는 학원에도 다니지 않았으므로 방학이 되면 할 일이 없어 괴로워했다. 지루함에 몸부림치다가 결국 향하게 되는 곳은 엄마의 거대한 책장이었다. 『토지』도 그때 처음 접했다. 수십 명의 인물이 끊임없이 등장하고 모두 억센 사투리를 쓰는 데다, 한자는 또 왜 그리 많은지. 게다가 귀녀, 평산, 홍씨 부인 등 악인들의 악행이 당시의 내겐 너무 충격적이어서 몇 권 읽다가 말았던 기억이 난다.

　　엄마의 『토지』는 1976년에 발행된 초판 버전부터 1979년 재판 버전까지의 아홉 권을 1982년에 산 것이다. 한 권에 천오백 원이었던 책은 3권부터 이천 원으로 값을 올렸다. 손바닥만 한 책은 왼쪽에서 오른쪽으로 책장을 넘기는 세로 읽기의 형태다. 내가 태어나기도 전, 엄마는 갓난쟁이였던 언니를 들쳐

업고 서점에 가 한 권씩 사 모았다고 한다. 『토지』가 여전히 연재 중이던 시절이었으니, 애타는 마음으로 다음 권을 기다렸을 것이다. 글 쓰는 사람이 되기를 꿈꾸던 문학소녀가 한 아이의 엄마가 되어 포대기를 두르고 동네 책방으로 향하는 모습을 그려본다. 화장기 없는 맨 얼굴의 이십 대 새댁. 없는 살림에 천오백 원짜리 책 한 권 사는 것도 사치였을 것이다. 기저귀와 포대기 사이, 생떼와 젖 물리기 사이, 그 육아의 전쟁통에서 자꾸만 책을 꺼내들고 이야기에 빠져들었을 나의 젊은 엄마를 상상해본다.

　『토지』 1부 1권을 샀다. 2012년에 완성된 결정판이다. 스무 권짜리 전집을 한 번에 구입해 짜잔, 하고 진열하는 것이 나의 본래 성질에 더 맞는 일이지만, 마치 연재가 끝나지 않은 것처럼 한 권 다 읽으면 또 한 권 그리고 또 다른 한 권. 어쩐지 그 시절의 엄마처럼 해보고 싶었다.

　지리산 형제봉과 구재봉 줄기가 이어져 포근히 감싸고 있는 평사리 들판. 그리고 저 멀리 유유히 흐르는 섬진강. 자연은 그때나 지금이나 같은 모습으로 자리를 지키고 있다. 화개장터와 하동읍, 섬진강 백사장, 송림, 아직 흔적이 남아 있는 하동포구 등을 떠올리면 소설 속 장면들이 그림을 그린 듯 생생히 눈앞에 펼쳐진다. 우리 마을의 노인들은 소설 속 인물들과 같은 말씨를 사용하니, 어쩌면 이 동네 어딘가에 소설 속 인물들이 살고 있을지도 모른다는 생각이 들 정도다. 그러니 내 인생에서 이 책을 읽을 적기가 있다면 그것은 바로 지금이 아니겠는가.

여름날엔
숲으로

     날이 푹푹 찌고 며칠째 장마가 이어진다. 무서울 정도로 쏟아져 내리다가 갑자기 해가 나오고 다시 무섭게 쏟아지는 요상한 날씨다. 그러다가 오늘은 돌연 뜨겁다. 바깥은 이글이글한데 나는 작은 흙집에서 느지막하게 깨어나 문득 무거운 것이 마음에 꽉 차 있음을 느낀다. 해가 중천인데 이 시간이 되어서야 깨어났다는 것, 더 이상 어디로도 출근하지 않는다는 것, 그저 먹고 자고 게으르게 집 안을 헤매고, 이 세상에는 아무런 보탬이 되지 못하면서도 뭔가 특별하게 사는 것처럼 잘난 체하며 어딘가에 글을 쓴다는 것. 이렇게 살아도 되는 것인가 하는 죄책감은 이렇게 갑자기 선뜩하게 찾아온다. 출처를 알 수 없는 무거운 자책. 나는 어찌하여 열심히 일할 때에도 열심히 놀 때에도 왜 늘 일정량의 죄책감을 느끼는 것일까. 습관일까. 그러다가 털고 일어나 옷을 입는다. '그래, 적어도 지금은 열심히 빈둥거리는 것이 나의 목표다!'라고 새롭게 결심하게 되는 것이다. 그런 날에는 소나무 숲으로, 하동 송림으로 간다.

하동읍에 있는 송림은 무려 270여 년 전에 만들어졌다. 조선 영조 21년 1745년에 강바람과 모래바람의 피해를 막기 위해 조성한 숲이다. 지금 남아 있는 것은 8천여 평의 땅 위에 자리 잡은 900여 그루의 소나무. 그중 가장 나이든 것은 수령이 약 230년이라고 한다. 이 오래된 숲은 그 보존 가치를 인정받아 2005년에 천연기념물 445호로 지정되었다. 군에서는 각각의 나무에 번호를 붙여 관리하고 있는데 그중에는 제 이름을 가진 것들도 있다. 마치 방문객들에게 인사를 하듯 구부정한 수형으로 입구를 지키는 '맞이 나무', 금슬 좋은 한 쌍의 부부처럼 보이는 '원앙 나무', 못생긴 '못난이 나무', 아름다운 여인의 자태처럼 요염한 수형의 '고운매 나무'. 그중에서도 나의 흥미를 끄는 건 못난이 나무다. 어디 얼마나 못생겼나 한번 보자 하는 심정으로 자신을 (굳이) 찾아온 사람들을 마주한 못난이의 기분에 대해 생각해보게 되는 것이다. 못난이 나무는 매우 커다란 나무들 사이에 끼어 왜소하게 자라났다. 사방으로 멋지게 가지를 뻗은 다른 나무들과 달리 몇 개의 앙상한 가지가 전부. 잎도 풍성하지 못하다. 하필 가장 못생긴 이 나무에 못난이라는 이름을 붙인 것은 배려일까 유머일까.

　　세월을 만져보고 싶은 사람이 있다면 나는 이곳을 소개할 것이다. 한품에 다 안아보지 못할 만큼 두툼한 나무의 기둥, 그 껍질에 손을 대보면 시간이라는 것을 실감할 수 있다. 애국가의 가사처럼 '철갑을 두른 듯'한 나무의 표피. 켜켜이 쌓인 나무의 나이를 가늠해보며 만져보는 것만으로도 묘하게 위로를 받게된다. 커다란 존재 앞에 섰을 때, 나의 고민들이 작고 가벼워지는 경험. 그래서일까 우리 부부는 어떤 문제에 맞닥뜨릴 때마다 이 숲을 걸으며 대화했다. 나무는 해답을 주는 일이 결코 없지만 우리는 한결 가벼워진 마음으로 집에 돌아오곤 했었다.

어느
가을날의
코미디

　　모든 것이 선명한 날이다. 커다란 붓끝으로 망설임 없이
한 번에 사악 그린 듯 지리산의 산줄기가 명쾌하고, 하늘은 시리
도록 푸르고, 구름은 눈부시게 하얗다. 아스팔트 위에 내려앉은
전봇대와 전선의 그림자가 놀랍도록 또렷해 '아, 그래 너희들 거
기에 있었지' 하며 길을 걸었다. 동네 할매들이 길가에 말려놓은
토란대마저 아름답게 보이는 그런 날. 나는 지금, 가을의 한복판
에 서 있는 것이다.
　　풍경에 새삼 감탄하며 버스 정류장을 향해 걷던 그때까

지만 해도 몰랐다. 오늘이 어떤 하루가 될지. 《엘르》에서 창간 25주년 기념호에 실릴 원고를 의뢰받아 도서관으로 가기 위해 집을 나섰다. 집중해서 빠른 시간에 마무리해보리라, 야심차게 출발했다.

코미디는 한 장의 버스표에서 시작됐다. 재킷 주머니에 넣어두었던 버스표를 집에서 정류장까지 가는 길 어딘가에 흘린 건지 아무리 찾아도 없는 것이다. 정류장에 막 도착한 내게는 현금이 백 원도 없었다. 농어촌 버스에는 교통카드 단말기가 설치되어 있을 리 만무하고, 이 버스를 놓치면 다음 버스는 네 시간 뒤에나 온다(믿기지 않겠지만 진짜다!). 정류장에는 두 사람이 버스를 기다리고 있었다. 까까머리 남고생과 할머니. 까까머리를 유심히 보니 천 원짜리 두 장을 손에 꼭 쥐고 있었다. 버스 요금은 편도에 천팔백 원. 녀석에겐 여분의 돈이 없는 듯했다. 결국 할머니에게 말을 걸었다. 할머니는 선뜻 이천 원을 내어주신다. 작은 돈은 아니지만 큰돈도 아니라며 갚을 필요 없단다. 30분 뒤 버스는 읍에 도착했고, 나는 얼른 할머니에게 다가갔다. 은행에서 돈을 찾아 꼭 갚아드리고 싶으니 조금만 기다려달라는 간청. 그러자 할머니는 마치 기다렸다는 듯 눈을 반짝였다. "마, 돈은 됐고 내랑 저짝에 좀 가볼래?"

할머니가 내 손을 끌고 간 곳은 이동통신판매 대리점이었다. 휴대전화가 낡아 새것으로 바꾸러 나왔는데 당신 혼자 가기 너무 불안하다며 옆에 좀 있어달라는 부탁이었다. 코딱지만 한 가게는 그야말로 아수라장이었다. 휴대전화에 음력 날짜가 나오게 해달라며, 한 시간에 한 번씩 뻐꾹뻐꾹 시간이 울리게 해달라며 거의 울먹이며 떼를 쓰는 할머니와, 농협에서 나눠주는 달력을 걸어두고 보면 되는데 노인네가 괜스레 기어 나와 젊은 사람들 괴롭힌다고 고래고래 야단치는 또 다른 할머니. 사장님은 진땀을 흘리며 동분서주하는데, 그 와중에 어디선가 나타난 새끼고양이 한마리가 삐약거리며 대리점으로 들어서고, 사장님의 아내로 보이는 아주머니는 커다란 육수용 멸치를 꺼내 몇 마리 던져준다(대리점에 대체 왜 멸치가?).

할머니는 누굴 채근하는 타입은 아니었다. 구석에 조용히 앉아 함께 기다리는 동안 나는 난생 처음 보는 할머니 가족들의 면면을 보게 되었다. 할머니는 낡은 폴더형 휴대전화를 열어 딸들과 아들들의 사진을, 이미 다 커버린 손주들의 어릴 적 사진을 차례로 보여주었다. 그다음은 집에서 키우는 꽃과 나무, 그다음은 마당에 사는 고양이들, 그들의 새끼들, 새끼들의 새끼들…. 그리고 마침내 우리 차례가 되었다(만세!). 며느리가 적어준 휴대전화 기종과 요금제를 확인했는데, 종이에 적힌 금액과 직원이 말하는 금액이 조금 달랐다. 어르신들만 사용할 수 있는 저렴한 요금제를 사용하려면 6개월 동안 좀 더 비싼 요금제를 사용한 뒤 바꿀 수 있다고 했다. 처음부터 저렴한 요금제를 사용하려면 단말기 요금을 더 내야 하기 때문에 전체 금액이 오히려 더 커진다는 건데, 할머니는 그 내용을 잘 이해하지 못하셨다. 급기야 직원과 함께 그 내용을 설명하는 나까지 못 믿는 지경에 이르렀고, 결국 며느리와 전화 연결을 한 뒤 6개월 뒤에 꼭 요금제를 변경하시라고 신신당부한 뒤에야 그곳을 빠져나올 수 있었다. 가게를 나오며 돌아보니 '뻐꾹뻐꾹'을 해달라 떼쓰던 할머니는 구석에 앉아 꾸벅 졸고 있었다.

　　마침내 오늘 나의 목적지인 도서관 앞에 도착했다. 시계를 보니 집을 나선 지 세 시간이 지난 때였다. 열람실은 중고등학생들로 이미 만석이었다. 왜 학교들을 안 간 거니? 아아, 오늘 토요일이구나. 결국 근처 카페로 와서 자리를 잡고 이 글을 쓴다. 버스표에서 시작해 뻐꾹뻐꾹과 전화 연결 코너를 지나 열람실 만석까지. 이 코미디의 결말은 이렇게 쓰이면 어떨까. 몇 시간 뒤 집으로 가는 버스를 타고 동네에 내려 집까지 걸어가는 길에 아침에 떨군 버스표를 내가 다시 줍는 것. 그것이야말로 이 짧은 코

미디의 막을 내리기에 가장 적절한 결말. 어쩌면 가장 웃긴 장면
이 될 것 같다.

혹시 궁금해할지도 모를 소수의 독자를 위해 전하는 뒷이야
기. 버스표는 집 현관에서 발견되었다는 충격적인 소식을 전합니다.

지리산에
오르다

아래채 민박 손님들이 자주 묻는 것 중 하나. "저기 보이는 저것은 혹시 구름다리인가요?" 아래채 마루에 앉으면 저 멀리 형제봉이 눈에 들어오는데 날이 좋으면 그 곁 어느 봉우리에 걸쳐진 가느다란 다리가 보인다. 나는 전해들은 풍문에 기대어 답하곤 했다. "형제봉 곁 신선대에 있는 구름다리예요. 실제로 사람들이 건너는 다리라네요!" 거기에서 대화가 끝나면 좋으련만, 사람의 궁금증이란 기어이 한발 더 내딛고야 마는 법. "혹시 건너보셨어요?" 나는 겸연쩍은 표정으로 "아니요." 대답하며 그 자리에서 얼른 도망치곤 했다.

　　2년 전에 지리산 둘레길을 보름 동안 걸었지만 유명한 봉우리에 오르지는 않았다. 물론 산 근처에 산다고 모두 그 산을 오르지는 않는다. 곁에 있으면 오히려 무관심해지기 마련이다. 서울 사람들이 모두 남산에 걸어 올라가지 않는 것처럼. 모두 한강 유람선을 타보진 않은 것처럼. 하지만 아무리 변명하고 합리화해도 지리산은 어쩐지 숙제처럼 느껴지곤 했다. 그리고 지난달, 마침내 지리산 가장 남쪽에 있는 최고봉인 형제봉에 올랐다.

　　(이어지는 이야기는 왕초보의 구구절절한 사연이니 등산 전문가께서는 이 글을 피하는 것이 정신건강에 좋습니다.)

　　수년 전의 일이다. 당시 남자친구가 대뜸 관악산을 오르자고 하기에 가벼운 마음으로 따라나섰다. 그때까지 등산을 좋아한 적은 한 번도 없었다. 한발씩 걸음을 옮겨 수십 킬로그램의 몸뚱이를 산 정상에 옮겨놓는 일을 좋아할 이유가 없지 않은가! 하지만 남자친구의 제안은 왠지 솔깃했다. 힘들 때 손 내밀어주는 장면을 상상해보니 괜찮을 것 같았다. 연약하면서도 때론 씩씩한 면모를 뽐내고도 싶었다. 서로 응원하고 함께 성취를 맛보는 일은 특별한 경험일 테고. 무엇보다 등산 데이트라니 얼마나 클래식하고 낭만적인가. 결론부터 말하자면 나는 그날 짐승의 숨소리로 헉헉거렸고 가파른 길을 걸을 땐 거의 네 발로 기어올랐고 내려올 때쯤 내 몸에선 이전에 맡아본 적 없던 지독한 땀 냄새가 진동했다. 공들인 메이크업이 흔적도 없이 사라진 것은 물론이고. 하지만 그 무엇보다 충격적인 것은 정직한 사람인 줄 알았던 남자친구의 진짜 모습을 발견한 것이다. 그는 순 거짓말쟁이였다. 자꾸만 다 왔대.

그리고 지난 달, 옛 남자친구는 또 한 번 거짓말 릴레이를 이어갔다. "자혜야, 거의 다 온 것 같아. 이젠 땅보다 하늘이 더 많이 보이잖아, 그치? 네가 쉬고 싶으면 좀 쉬어. 근데 너 진짜 잘 걷는다." 이제는 남편이 된 거짓말쟁이와 함께 또 다시 짐승의 소리로 헉헉거리며 산을 올랐다. 정상에 다다르기도 전에 허기가 몰려와 아무 데나 주질러 앉아 도시락을 펼쳐 먹었다. 그리고 암벽을 타고 벼랑길을 지나 철계단을 오른 뒤 등산로 입구에서 하나씩 주워 들고 왔던 나무 지팡이마저 무겁게 느껴질 때 즈음 그것이 나타났다. 민박 손님이 아래채 마루에 앉아 손가락으로 가리켰던 그 구름다리. 다리는 생각보다 크고 길었다. 그리고 꽤 흔들렸다. 내 다리도 덩달아 흔들렸다. 힘이 풀린 다리가 양 옆으로 흔들흔들. 숭구리당당 숭당당.

　　이 코스는 말하자면 초심자 코스. 가장 완만하고 쉬운 길이라고 들었는데 이렇게까지 힘들 일인가. 내려오는 길은 좀 더 수월할 줄 알았지만, 그것도 아니었다. 정상에 거의 다 가서 중년 부부와 마주쳤는데 꽤 전문가처럼 보이던 아저씨의 말은 충격이었다. "저 반대편 마을에서 오르는 길은 두시간 만에 올라갔었는데, 이 코스가 훨씬 어렵네요. 쭉 오르는 길이 아니고 오르락내리락 올라왔기 때문에 내려가는 길도 만만찮을 것 같은데." 저쪽 코스는 비교적 가파르고 빠른 길, 우리가 오른 코스는 좀 완만하지만 오래 걸리는 길. 보통은 저쪽에서 올라와 이쪽으로 내려간다고 했다. 아저씨는 정상에 오르기도 전에 발길을 돌려 내려갔다. 해가 짧아졌으니 조심히 얼른 내려오라는 말과 함께.

　　산을 내려오는 내내 나를 힘들게 한 건 숭구리당당 춤을 추는 두 다리가 아니었다. 연골이 모두 사라져버린 것 같은 두 무릎도 아니었다. 두려움이 나를 가장 괴롭게 했다. 조심하라던 아저씨의 말이 맘속에 박힌 것이다. 산행 시간은 예상보다 길어졌고, 해가 지면 우리는 산에 갇혀버릴 것만 같아 두려워졌는데, 그것은 상상 이상으로 거칠고 무거운 감정이었다.

　　왕복 여섯 시간이라던 길을 우리는 아홉 시간 동안 걸었다. 한계에 다다랐을 때 나는 하나의 작전을 떠올렸다. 이름 하여 스무 걸음 작전. 아무리 힘들어도 스무 걸음을 다 걷기 전에는 멈추지 않는 것이다. 덕분에 5분 걷고 10분 쉬는 지경에 이르렀지만 그래도 앞으로 가긴 간다. 이것은 삶의 어느 곳에나 적용할 수 있는 나만의 작전이다. 페인트칠이 힘들 땐 다섯 번 칠하고 쉬자 결심하고, 원고가 더딜 때에는 엉망으로라도 두 줄을 쓰고 멈추기로 작정하는 식이다. 이 공식을 적용하면 어떻게든 앞으로 갈 수 있다. 비틀비틀이라도 멈추지만 않는다면 앞으로 가게 된다.

아무튼 스무 걸음씩 걷다 보니 섬진강 너머 백운산으로 해가 꼴깍 넘어가버리기 직전에 등산을 마칠 수 있었다. 차로 돌아가 시동을 거는 순간 온 사방이 컴컴해졌으니 그야말로 간발의 차로 땅을 밟은 것이다. 깎아지른 듯한 산등성이, 그 누구라도 똑같이 채색할 수 없을 만한 색으로 물든 단풍, 산 밑으로 펼쳐진 평사리 들판. 그리고 저 너머로 유유히 흐르던 섬진강 줄기. 극한의 고통을 제하고 추억해보면 모든 것이 아름다웠다고 말할 수 있겠다. 남편은 다음엔 다른 코스로 한번 올라가보자고 명랑하게 제안한다. 나는 물론 못들은 척했다. 몸이 힘들어서는 아니고, 자꾸만 다 왔다고 하는 거짓말 듣기 싫어서다. 진짜다.

생강청을
만드는
밤

코가 시려온다. 고양이는 더 자주 몸을 동그랗게 만들고, 늘 차가운 커피를 마시던 남편은 이제 따듯한 커피를 내린다. 겨울이 온 것이다. 나는 이제 두툼한 양말을 꺼내 신고 아침마다 보리차를 끓인다. 테이블 한구석에 귤 바구니가 놓이고, 온수매트가 다시 안방으로 입성했다. 등유난로는 아직 창고에 있다. 추위가 더 깊어졌을 때의 즐거움으로 남겨둔다.

오일장에서 토종 생강을 한 보따리 샀다. 작년엔 생강을 편으로 썰어 설탕과 함께 담가두었다가 먹는 '설탕 재움' 스타일로 만들었지만, 올해엔 생강즙으로 만드는 생강청을 만들어보기로 결심했다. 생강청 만들기는 생강을 흐르는 물에 박박 씻어 물기를 빼는 것으로 시작된다. 그다음 과정이 가장 힘들다. 생강의 껍질을 벗기는 일. 생강의 마디마디 구석구석을 숟가락으로 칼로 슥삭슥삭 모두 벗겨 물에 여러 번 씻으면 생강의 뽀얀 속살이 드러난다. 착즙기가 있었다면 좋았겠지만 없으면 없는 대로. 이 대신 잇몸이다. 뽀얀 것들을 적당한 크기로 잘라 믹서에 넣고 곱게 갈아준다. 어린아이 머리만 한 배 한 개 반 그리고 약간의 물을 넣어 함께 갈아준다. 착즙기도 없는 내가 믿는 것은 남편의 튼튼한 두 팔이다. 면 보자기에 올려 짜고 또 짜고. 그의 두 팔이 벌벌 떨릴 때쯤 얻게 된 생강물 한 바가지는 몇 시간 그대로 두어 전분을 가라앉힌다. 청을 만들 땐 윗물만 사용한다.

생각해보니 이 집에 살면서 새롭게 시도해본 것들이 많다. 그것들은 대체로 마트에서 쉽게 구매할 수 있는 저장식품들. 직접 만들기에는 품이 드는 것들이다. 마당에서 처음 키워본 바질로 만든 바질 페스토, 이 집 저 집에서 나누어준 밤이 너무 많아 만들었던 밤 조림, 무척 싱싱한 토마토를 오일장에서 싸게 팔기에 한 보따리 사다가 만들었던 홀토마토, 뒷마당 매실을 따다 만든 매실청. 그것들을 만들기 시작한 이유는 두 가지다. 지출을

줄이기 위해서, 그리고 나는 요즘 시간이 많으니까. 그런데 그중 하나는 사실이 아니다. 재료를 사고 다듬고 갈고 끓이고…. 재료 값과 시간과 가스와 전기와 나의 에너지를 따져보면 사 먹는 게 싸다는 결론이 나온다. 대량으로 만드는 공장 가격과 비교하면 그럴 수밖에.

하지만 만들어 먹어보면 또 그게 아니다. 사 먹는 것보다 훨씬 더 맛이 좋으니까. 뿌듯함의 맛이랄까 자부심의 맛이랄까. 매년 계절과 함께 돌아오는 일이라는 점 또한 멋지다. 무더위 가시고 나면 바질 페스토, 추석이 지나면 밤 조림, 봄이 가고 여름 냄새가 조금 날 때 즈음 매실청, 이제 겨울인가 싶을 때엔 생강청을 만드는 식이다. 계절과 함께 오는 일은 낭만적인 기분을 동반한다. 매년 만들다 보면 실력은 점점 좋아질 테고, 어쩌면 나만의 작은 기술이 생길지도 모르고, 누군가 나의 저장식품을 맛보고는 시간이 꽤 흐른 뒤에 "아, 자혜의 생강청! 그 맛이 그립군!" 하며 추억할지도 모를 일이다.

얘기가 너무 멀리 갔다. 아무튼 다시 생강청으로 돌아가서. 전분을 가라앉히고 윗물만 따라낸 생강즙과 설탕, 올리고당을 커다란 냄비에 붓고 주걱으로 젓는다. 계속 젓는다. 그렇게 몇 시간 휘휘 젓다가 내가 마녀인가 마녀가 된 것인가 정신이 혼미

해질 때 즈음 불을 끈다. 열소독한 유리병에 담으니 큰 병 하나 작은 병 하나. 하룻밤 식혀 다음 날 아침에 한 수저 떠보니 농도 실패다. 생강청이 아니라 생강엿이 되어버렸다. 아무렴 어떠랴. 뜨끈한 우유에 녹여 우유 거품 얹어 마시니 배꼽 밑까지 뜨듯해진다. 이것이야말로 어디에든 소리쳐 자랑하고 싶은 맛! 코앞까지 다가온 겨울이 반가운 이유가 생겼다. 추워, 추워, 겨울이 너무 싫어! 소리치던 내 마음을 고작 생강청 두 병이 바꿔버리다니. 왠지 진 것 같아 억울해지는 아침이다.

돈에
관하여

　　오랜만에 손발톱에 빨강을 칠했다. 직접 하는 경우는 거의 없던 일이다. 열 손가락 열 발가락 모두 바르고 나면 마를 때까지 끈기 있게 기다려야 하는데 그때마다 어쩐지 꿈지럭거릴 일이 생기고 그러다 보면 자국이 남고, 곧 짜증이 나서 몽땅 지우고 결국 전문가를 찾아가 돈 내고 다시 칠하는 식이었으니까. 급한 성격 탓이다. 그 시절엔 매 순간 조급증이 나를 감싸고 있었으니 그럴 만했다는 것이 나의 변명이다. 빨갛게 칠한 손발톱을 무심히 보다가 문득, 서울 살 적에 전문가에게 손발톱 케어 서비스를 받던 돈이 얼마였던가 생각해보았다. 지금의 일주일 생활비를 훌쩍 넘긴다. 슬퍼지기는커녕 나는 조금 웃었다. 대체 그 많던 두 사람 월급을 어떻게 다 쓰며 살았지? 떠올리며 웃었다. 돈이란 게 그런 거였구나 하면서.

　　지각하고 불평하고 뒷담화해도, 만족스럽지 않은 결과물을 내놓아도 매달 약속된 월급이 입금되던 시절이 있었다. 나로서는 퍽 즐기던 노동이었으니 당시의 월급은 마치 커다란 덤처럼 느껴졌다. 그래서 더 자각 없이 마음껏 낭비할 수 있었는지도 모른다. 하지만 지금은 모든 것이 달라졌다. 우리는 약간의 생활비로 살아보기로 작정한 사람들. 이제는 변해야 한다. 살림의 규모가 바뀐다는 건 결코 가벼이 여길 수 없는 일이다. 생활이 확대되는 것은 자연스럽지만 확대된 생활을 다시 작게 만드는 일은 훨씬 더 큰 에너지가 필요하기 때문이다.

　　민박 손님들에게서, 혹은 원고를 의뢰했던 회사들에서 돈이 조금씩 입금되고 그것으로 약간의 식료품을 구입한다. 엄마들이 콩나물 500원어치, 두부 한 모 사다가 저녁 식사를 마련하던 마음에 대해, 그럴 수밖에 없었던 처지에 대해 생각해본다. 조금씩 사다가 조금씩 만들어 먹는 알뜰한 살림에 대하여, 매달 어렵게 모은 돈의 총액이 적힌 통장을 눈으로 확인하는 순간의 뭉

클함에 대하여 생각해본다.

　　할머니는 내게 '돈그늘'이라는 말을 가르쳐주었다. 돈 걱정을 하는 사람의 얼굴에는 특유의 그늘이 진다는 것이었다. 할머니는 젊었을 적 인천에 자리를 잡고 가게를 하셨는데, 한자리에서 수많은 손님을 맞이하며 놀라운 능력을 획득했다고 한다. 할머니는 입버릇처럼 말씀하셨다. "나는 얼굴만 봐도 안다. 특히 돈그늘 있는 사람들은 내가 딱 보면 알지." 할머니가 말씀하시던 돈그늘이란 게 뭘까, 생각해본다. 돈에 사로잡힌 사람의 얼굴에 드리운 것이 돈그늘이 아닐까 싶다. 그것은 돈을 대하는 태도와 깊이 연관되어 있다. 돈 때문에 쩔쩔 매는 건 있고 없음의 문제는 아니다. 그나저나 돈이라는 것에 대해 깊이 생각해보는 일을 이제야 하다니, 나도 참 늦되는 인간이다.

　　돈을 대하는 태도는 물건을 대하는 태도와도 연결된다. 얼마짜리 물건을 몇 개 사서 얼마 동안 사용할 것인가 하는 문제. 어느 가게에서 마음에 쏙 드는 청바지를 발견했다고 치자. 소재도 좋고 내 몸에 잘 맞고 날씬해보이기까지 한 100퍼센트의 청바지를 만난 것이다. 나는 그런 경우 그 청바지를 두 개 사는 인간형이었다. 불안 때문이다. 하나만 샀다가 망가지거나 무릎이 불룩 나온 채로 낡아버리면 어쩌지? 같은 청바지를 또 사고 싶어서 이 가게에 다시 왔는데, 그 청바지를 더 이상 팔지 않을 수도 있잖아. 아니지 이 가게가 없어질 수도 있잖아 하는 불안. 두 식구뿐인데도 커피잔을 살 때는 (언젠간 깨질 수 있으니) 무조건 여섯 개 세트로.

그런 요상한 이유로 같은 물건을 여러 개 샀을 때, 결과는 늘 비슷했다. 둘 중 하나는 못 쓰게 되어버리는 것이다. 남편의 표현을 빌리자면 그것들은 '덜 소중해져버린 여럿'이다. 같은 용도의 물건이 여러 개 있으면 덜 소중하게 느껴져 덜 아끼게 된다는 것이다. 지난 몇 년 동안 남편은 돈을 아끼고 물건을 소중하게 다루는 태도를 가르쳐주었다.

요즘 매달 적금을 붓는다. 남들이 들으면 코웃음 칠 만한 액수지만, 나로서는 인생 최대 금액의 적금이다. 놀랍고도 부끄러운 일. 수입의 꽤 큰 부분을 떼어내 통장에 넣어두고 억지로 잊어버리는 일은 지금까지 해본 적 없던 발버둥이다. 마트에서 물건을 들었다 났다 하고, 내내 갖고 싶던 목걸이를 사려고 집 주소와 카드 정보를 써 넣고는 마지막 클릭에서 침을 꿀꺽 삼키며 노트북을 덮고, 먹고 싶은 것을 쉽게 사 먹지 않고, 영양가와 가격을 모두 따져본 뒤 어렵게 결정한 메뉴를 집에서 만들어 먹는 일.

지금의 이 생활이 행복한가 자문해본다면 글쎄, 염려가

멈추지 않고 허전한 구석은 물론 있지만 적어도 자신에게 떳떳하다고 말할 수 있겠다. 이것은 내가 이곳에서 배운 것 중 가장 중요한 것. 말이나 글로는 결코 배울 수 없는 소중한 자산이다.

한겨울의
마당

지인들이 여럿 찾아와 시끌벅적하게 몇 날 묵고 돌아가
고 난 뒤의 고요함. 느닷없이 찾아오는 그 허전한 시간을 우리는
좋아한다. 시골의 겨울도 비슷하다. 봄의 환희와 여름의 맹렬한
에너지, 가을의 고즈넉한 아름다움을 보내고 난 뒤 찾아온 겨울
의 호젓한 기분은 말로 설명하기 어렵다. 시골에서는 겨울을 보
내는 일을 흔히 '버틴다'는 말로 표현한다. 해가 짧으니 어둠의
시간이 너무 길다. 기쁨을 주던 마당의 초록들 역시 각자 제 자리
에서 그저 죽지 않기 위해 버티고 섰다. 매일의 수확이 없으니 마

음은 가난해진다. 우울한 기분이 드는 날도 많다.

나의 친구들로부터, 나의 어미로부터 300킬로미터 가까이 떨어져 나와 내가 지금 여기에서 뭐하고 있는 건가 싶은 날이 있다. 어떤 날에는 여러 어려움 때문에 이곳으로 온 것을 후회하기도 한다. 그럼에도 번번이 희망을 품고 그다음 이야기를 떠올려야 했다. 이 책이 나를 그렇게 다시 삶을 묘사하는 자리에 앉게 만들었다. 이 이야기는 내가 저질러버린 일들을 변명하려는 노력이 아니다. 지금 거기 도시에서 치열하게 살고 있는 댁들과는 다르게 나는 행복하게 살고 있소, 자랑하려는 것도 아니다. 나는 다만 이곳에서 발견한 것들을 남기고 싶었다. 이 책은 사소한 것들에서 행복해지려는 악다구니다.

둥지를 떠나 새로운 삶을 꾸려본 사람이라면 알 것이다. 이 다리를 건너면 저 다리가 나를 기다리고 있다는 것을. 나는 이곳에 와서 그걸 배웠다. "여기에서 이렇게 살아간다면 정말 행복하겠어요!"라며 부러워하는 방문자들을 향해 미소 지을 때마다 머릿속으론 그런 생각을 했다. '거기에서 행복하셔야 해요.' 모두의 삶에는 각자 짊어져야 할 십자가가 있다는 것을, 그 모든 일들을 말없이 겪어야 한다는 것을 이곳에서 배웠다.

하동에서의 두 번째 겨울을 보내지만 여전히 나는 주택

살이 초보다. 마당을 살필 때마다 되뇌곤 한다. "다들 살아 있는 거 맞지? 죽은 거 아니지?" 남편과 둘이 쪼그려 앉아 심었던 잔디도, 아기 엉덩이만 한 대봉감이 열렸던 감나무도, 지난 봄 큰 기쁨을 주었던 불두화도 사색이 된 채 벌벌 떨며 자리만 지키고 있다. 그곳에 초록이란 것이 존재했었다는 사실이 믿기지 않을 만큼 휑뎅그렁한 풍경.

어쨌거나 시간은 간다. 해맑게도 천연덕스럽게도 시간은 갈 것이다. 이가 딱딱 부딪히는 겨울이 물러가고 입춘과 우수를 지나 봄을 맞이해야 할 때가 곧 올 것이다. 아마도 옆 마당의 매화나무가 가장 먼저 작게 외칠 테지. 여중생 여드름처럼 발갛게 솟아오른 작은 꽃망울을 내보이며, 나 여기 살아 있다고.

조금은 달라도 충분히 행복하게

1판 1쇄 발행 2018년 4월 4일
1판 2쇄 발행 2018년 9월 3일

지은이 김자혜
본문 사진 김상곤

발행인 양원석
본부장 김순미
편집장 최은영
디자인 RHK 디자인팀 남미현, 김미선
해외저작권 황지현
제작 문태일
영업마케팅 최창규, 김용환, 정주호, 양정길, 이은혜, 신우섭,
　　　　　　 유가형, 임도진, 우정아, 김양석, 정문희, 김유정

펴낸 곳 ㈜알에이치코리아
주소 서울시 금천구 가산디지털2로 53, 20층 (가산동, 한라시그마밸리)
편집문의 02-6443-8888　　**구입문의** 02-6443-8838
홈페이지 http://rhk.co.kr
등록 2004년 1월 15일 제2-3726호

ⓒ김자혜, 2018, Printed in Seoul, Korea

ISBN 978-89-255-6346-6 (03810)